U0567884

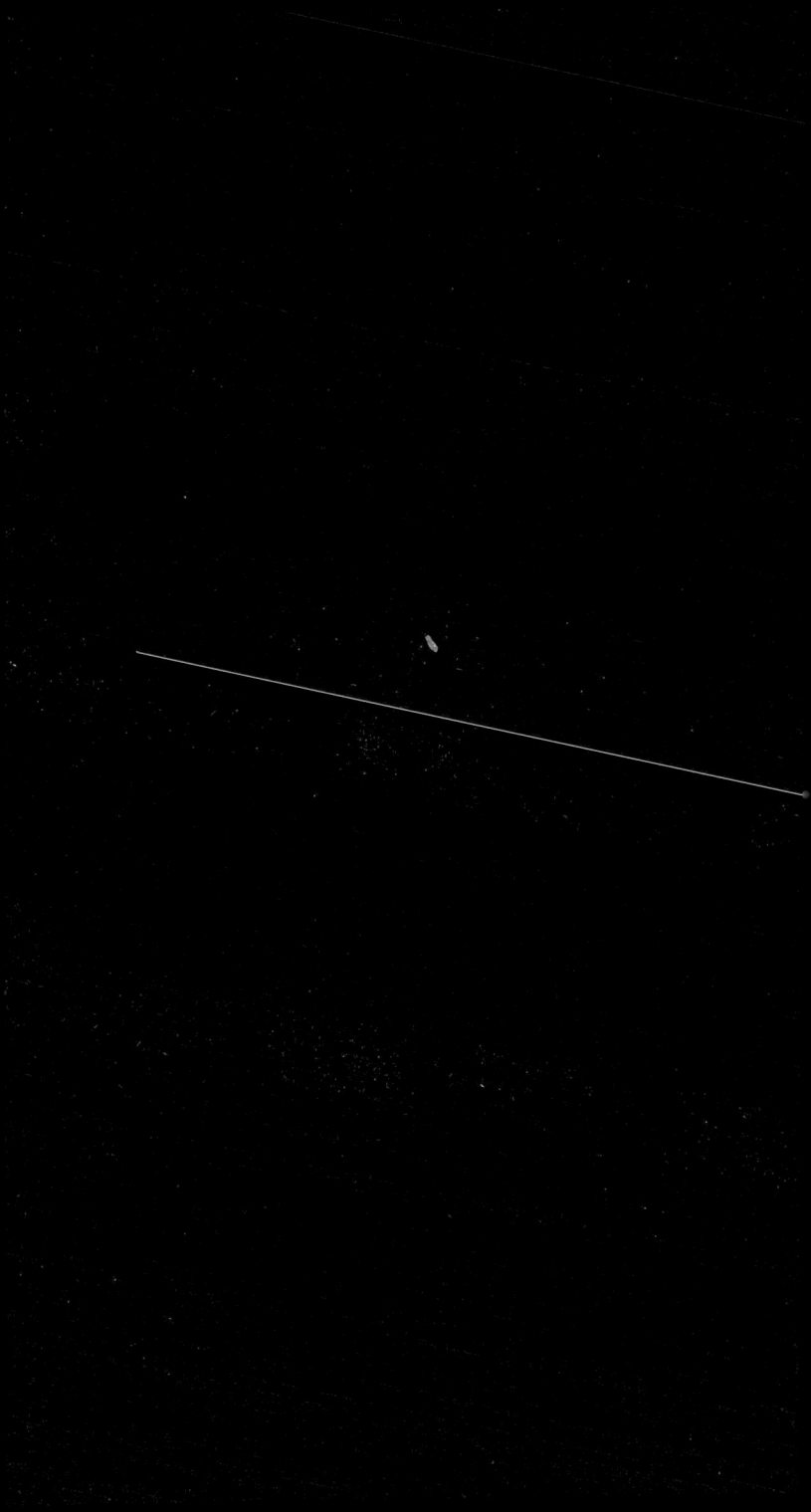

霹雳钻

[美] 威廉姆·高德曼 著

张侃侃 译

世界图书出版公司

北京·广州·上海·西安

图书在版编目（CIP）数据

霹雳钻 / (美) 威廉姆·高德曼 (William Goldman)著；张侃侃译. —北京：世界图书出版公司北京公司,2016.12
书名原文：William Goldman: Four Screenplays with Essays
ISBN 978-7-5192-2066-2

Ⅰ.①霹… Ⅱ.①威… ②张… Ⅲ.①电影文学剧本—美国—现代 Ⅳ.①I712.35

中国版本图书馆CIP数据核字(2016)第272224号

WILLIAM GOLDMAN: FOUR SCREENPLAYS WITH ESSAYS
BY WILLIAM GOLDMAN
Copyright: ©
1. 2001 BY WILLIAM GOLDMAN
2. New Material Copyrighted 1995 by William Goldman
Marathon Man-- Copyright 1976 by Paramount Pictures. Based on the novel copyright 1974 by William Goldman. Used by permission of Paramount Pictures Corporation and of Dell Books, a division of Bantam Doubleday Dell Publishing Group, Inc.
This edition arranged with Robert Lecker Agency
Through BIG APPLE AGENCY, INC., LABUAN, MALAYSIA.
Simplified Chinese edition copyright:
2017 BEIJING WORLD PUBLISHING CORPORATION
All rights reserved.

书　　名	霹雳钻 PILIZUAN
著　　者	[美]威廉姆·高德曼
译　　者	张侃侃
策划编辑	霍雨佳
责任编辑	霍雨佳　陈俞蒨
装帧设计	田儿
出版发行	世界图书出版公司北京公司
地　　址	北京市东城区朝内大街137号
邮　　编	100010
电　　话	010-64038355（发行）　64037380（客服）　64033507（总编室）
网　　址	http://www.wpcbj.com.cn
邮　　箱	wpcbjst@vip.163.com
销　　售	新华书店
印　　刷	北京博图彩色印刷有限公司
开　　本	880 mm × 1230 mm　1/32
印　　张	6.5
字　　数	115千字
版　　次	2017年4月第1版　2017年4月第1次印刷
版权登记	01-2014-3595
国际书号	ISBN 978-7-5192-2066-2
定　　价	38.00元

版权所有　翻印必究
（如发现印装质量问题，请与本公司联系调换）

霹雳钻

导　　演　约翰·施莱辛格

制　　片　罗伯特·埃文斯

　　　　　西德尼·贝克尔曼

摄　　影　康拉德·霍尔

剪　　辑　吉姆·克拉克

美术设计　理查德·麦克唐纳

音　　乐　米歇尔·斯莫尔

编　　剧　威廉姆·高德曼

　　　　　（根据小说改编）

2

正因这整本书显然与自我有关，我要是用自己的故事说事儿您也一定不会感到惊讶。我有一次写完一部小说时冒出了这样的想法，生活是物质的——一切都是物质的，你要做的就是活得够长，看看怎么利用它。我那会儿坚信这一点，现在也是。1973年，我在曼哈顿写就了《霹雳钻》中的牙医情节。三十五年前在伊利诺伊州的伊万斯顿镇，这一情节就已经开始生成。

就在那时，我第一次见到梅耶·科恩（并非他真名）。

一个英俊的男人，一位善良可爱的父亲，社区的顶梁柱，和蔼可亲——全是废话。我不管，我恨他。因为我当时才八岁，尽管这个年纪对于仇恨某人来说还太小，但事实就是这样。这吓到了我，伤害了我，令我尖叫，让我哭泣。

我得补充一下，科恩是个牙医。

这人不相信普鲁卡因[①]。

我在逃离他半个世纪之后，依然可以看见他穿着白大褂，单膝跪在我胸口上（真的），做着可怕的事情。（他跟

[①] 普鲁卡因，一种常用的局部麻醉药。

我妈解释说跪在我胸口上的原因是我的舌头非常顽固，得紧紧压着。）我们住在一个临近的小镇，我乞求再也不要回他那儿了，再也不装出患有疑难杂症的样子了。没用。最后，我家人找到一个离家近的家伙，科恩就被留在记忆之中了。

海勒姆·海顿在二十世纪五六十年代的纽约是一位出色的编辑。他当然是我最愿意共事的人。当我开始着手我的第三本书《雨中士兵》时，我交好运了。我对父亲式的人物心存好感，我崇拜海勒姆，一直与他一起工作直到他编辑好《公主新娘》不久后去世。他曾是一位大学教授，后来做了出版，编辑《美国学者》，对标准畅销小说兴趣甚微。在我们共事的十五年间我唯一一本看上去可能，呃，畅销的小说就是《绝不善待女人》。海勒姆读毕，觉得还不错，说道："比尔，我不知道该怎么编辑它。你为什么不拿给其他人看看，用个假名？"

我照着做了。那本书的作者变成了哈利·朗鲍，恰好是日舞小子的真名。（那时是1963年，显然他在我写剧本之前已经很了解《虎豹小霸王》的素材了。）我和海勒姆又一起工作了十年，似乎要永远在一起了。他去世时，我震惊而伤心，不清楚自己想写什么，但我知道有个我迷恋的素材世界是在他的指导下不允许尝试的。（我1974年之后的很多作品，以

《霹雳钻》为开端,都带上了海勒姆所不能接受的、公然的商业色彩。)

他去世后,我开始尝试惊悚小说。如果你对一种类型情有独钟(正如我喜欢惊悚题材还有间谍小说和冷寂的侦探小说),你就会无法挣脱自己的激情,希望有朝一日能与感动过你的那些作家同属一类。(我记得在《虎豹小霸王》为期两个月的筹备阶段,乔治·罗伊·希尔和我都希望它二十年后可以像《谢恩》和《火并者》一样成为公认的出色电影。)我的目标是格雷厄姆·格林[①]。当然我知道自己达不到那个水平,然而却希望羽翼丰满,自由飞翔。

惊悚故事你得从恶人写起。(很明显,这不是一条规则,毫无规则可言,我是这么做的。我打赌如果我再写一部,仍将采用同样的方法。)我从门格勒开始,在智商方面最令人惊讶的纳粹(医学博士加哲学博士)。我知道我得把他放在美国。但他为何而来呢?(门格勒,当我开始构思这个故事的时候,他应当正在南美或曾在南美生活。他或许低调,或许讲究排场——我选了后者。)

但这只是关于他那个时代的美妙想法之一。他为何傻到要冒险来美国呢?我有一天看报纸的时候,答案来了。一位

---

① 格雷厄姆·格林(1940—1991),英国作家,剧作家,文学家。代表作品:《布莱顿硬糖》《第三者》《文静的美国人》。

美国医生，我想，在克利夫兰正要进行一项当时算得上革命性的实验——心血管手术，世界各地的人纷纷前来。门格勒就混在那些穷人里面。

说到讲故事，我从一开始就拥有万无一失的才华，而这里只不过是另一个闪光的案例。门格勒将来到克利夫兰接受治疗。门格勒不得不来美国，理由完美如磐石般稳固。我又干了件意外而成功的事儿。

有一天我正在散步（我仅是散步或看芭蕾表演或坐着发呆的时候就会有许多想法了），那时，谢天谢地，现实"砰"的一声撞上我家大门。笨蛋，当他极度脆弱到需要做心血管手术时，他是怎样的一个恶人啊？讨厌鬼，恶人临死的时候你能得到什么样儿的惊悚故事啊？

我不知道别的作家是不是如此，但对我来说，当一个素材亟须处理时，只有在一个特定的时间之窗中才能解除紧急状态。一旦它错过了，窗子关闭，素材会死去，永远。我从没试过间谍惊悚题材，因为缺乏基本的自信，能明显感到焦虑。

后来我读到一篇文章，说的是有些纳粹高官通过把囚犯的金牙敲掉、熔化的方式敛财，或从囚犯的结肠里把珠宝挖出来。这完全符合我的设想。就用塞尔，这个名字就选自那位伟大的实践者——只是念出它就会让我感到变态。那么他造访美国的原因就是:获取他的珠宝。(他唯一信任的人,他的老爸,在美国坐拥财富之人,在一开始死于一场车祸。)所以塞尔必须出现。

一个博士、一个魔鬼、一个纳粹,但我要的情况更糟,我需要更多。祝福你,梅耶·科恩,因为你这样一个在我脑海中挥之不去的牙医,我得到了我的恶人。我也知道他得折磨某个人,因为我记得自小以来就感受到的压迫:无助地躺在椅子上,身体被膝盖压着,疼痛被忽视着。

英雄人物贝比(达斯汀·霍夫曼闪现脑际,奥利弗饰演牙医)出现了。我当时沉迷于这样的想法:如果一个你亲近的人完全不是你所想的而是另一个人会怎么样?故事里贝比觉得他的哥哥(罗伊·沙伊德尔饰)是一个嗜钱如命的商人,但事实上他是个间谍。他和纳粹分子塞尔纠缠在一起。

一旦我有了上述想法,剩下的任务就是从本质出发混合搭配,找出惊喜,希望它们会奏效。(这一点你可能无法理解。不管怎样,我也不理解。剧本写作就是这样。每次可怕的东西就那么蹦出来了。我不希望是这样,但事实就是如此。)所以现在我有了折磨人的家伙,折磨人的方法,受害者,同时我在小说的开头设计了贝比牙痛。正把这些加进书里的时候,我去见了我的牙医,一个出色的牙周炎医师,一个开心果。他从来不把患者弄疼,在收音机里放着巴赫,和我一样对餐厅情有独钟。他是一个天性善良、正派的人。

他问我在写什么。我告诉他故事的大概,并提到贝比有个蛀牙以及我要对他做些什么。

我永远忘不了他脸上乍现的表情。"噢,不,"他静静地、眼神迷离地说,"不,比尔,忘掉蛀牙吧。你要的是痛苦。你要的是真正难忘的痛苦。你要的是让你想死的痛苦。比尔,听我说——钻掉他健康的牙齿。"

这个可人儿继续说着,对我讲述痛苦的荣耀,如果一个人被钻掉健康而魁梧的牙齿却想保守秘密将是多么不可能。我当时害怕极了。这个我认识了二十年的可人儿现在就是小说里的化身博士。他滔滔不绝,告诉我那痛苦的程度将是无法超越的,人们宁愿去死。在椅子上被摧毁的记忆会阴魂不散……

他仍是我的牙医。但如今我们单独在一起的时候我会紧张。

既然我的恶人是世界上最坏的家伙,想出英雄人物就容易多了。如果世界上最坏的家伙遇上了世界上最难缠的家伙,那可就是史泰龙的领域了,我没法写。我不是说我很清高,总之——显然我可以写——谁都可以写。

因为谁都可以把东西写得很烂。

我是认真的，没错儿。我可以写出一部伊丽莎白式的悲剧——包括对仗在内的所有要素，就在这周。它将让人十分痛苦，以至于观众恳求离去。我们唯一的愿望就是写我们关心之事，和我们的观众之间保持紧密的感情联系。祈祷吧。

不管怎么样，我把这个纳粹牙医弄到美国来了。（如果我是英国人，他就应该去伦敦，但我住在纽约所以塞尔就来这儿了。）他也得有个有趣的对手。我写着好玩，也希望您读着好玩。

英雄得是这样的：完全清白。所以我写了贝比——尽可能地无瑕。哥伦比亚研究生，一名学者，疯狂、杰出、要强。但这样一个家伙能有什么机会和高手过招呢？

所以我给了他家庭关系：他心爱的哥哥，以杀人为生。

*

1973年的一整个儿夏天我都在写这部小说，在时髦的城市东北部的小空间里。没什么人见过我的办公室。有一天，乔治·希尔碰巧过来，环顾后说那地方真"堕落"。尽管我不太清楚这儿的所有意思，但听上去挺符合那儿的混乱状态。

我在一块堕落的地方工作。

有一天快到晚上了（我的工作时间总是固定的，这对于我装作有个真正的工作很重要），我等电梯的时候，一位邻居出门走到旁边。她住隔壁，据说是个精神病医生，我们讨厌彼此有一阵儿了。我们因为一次游泳事件（房子地下室有个游泳池）而开始看对方不顺眼，当时她觉得我无法无天地挡住了她的去路。

现在我们站在电梯门口。

接着她转向我。

瞪着我。

她说道："我就想让你知道，我知道你房间里发生的一切。"

我惊讶至极。

因为那里什么也没发生。那儿从未发生过什么。仅仅是我在我的小房间里又挨过了一天。电梯来了，我们在沉默中下了楼。我依然记得她对我的轻视。

我回到家，告诉我那时的妻子。我们瞬间达成共识，那女人疯了。

那个夏末，我们在马萨诸塞州租了一间房，那是一个有一个阴暗池塘的噩梦之地。户主是一个建筑师或建筑工人，他肯定很痛恨小孩，所以才建了他那所没有护栏的噩梦宫殿。下楼吃早餐简直是冒险，但我们活了下来。有天我蹑手蹑脚地带着我的孩子们去吃午饭，珍妮和苏珊娜，一个十岁，一个七岁。

她们不停地咯咯笑着。

我问为什么,最后她们才止住笑问我这个问题:"你知道你边写边念叨吗?"我那时在润色《鹫与鹰》,我说我在写东西的时候绝不念出来。她们说我念了。我却老成地回答说没有。有。没有。有。然后,在胜利中,她们又重新开始聊起早上的一些对话。(在那之前我不知道我边写边念叨。)

但在那时我想到的,只有那个知道"那里发生的一切"的女人。因为,您要知道,她就在薄薄墙壁的另一边。

我那天正在写牙医的场景。

它安全吗?

嗯?

它安全吗?

什么?

它安全吗?

什么安全吗?

它安全吗?

它安全吗?

它安全吗?

接着,塞尔说道:"你似乎是个聪明的年轻人,能分得清光明和黑暗，酷热和冰冷。当然，比起我的折磨你肯定更青睐其他任何东西，所以我问你，在回答前请你三思——它安全吗？"

接着，贝比尖叫着，头顶被压低……

我终于意识到她为何那么恶狠狠地看着我了。

*

我们对于奥利弗饰演塞尔一角备感不安。当导演约翰·施莱辛格去见他的时候，他又出现了健康问题，脸部一侧几乎无法动弹。如果他能演的话角色就是他的了，可谁知道？有一天我同施莱辛格正在伦敦工作，电话响了，是理查德·威德马克打来的，问我们他能否试读一下该角色的台词。（威德马克在电影《死亡之吻》中的初次登场令人难忘，他扮演一个叫汤米·伍都的疯子，把一个跛脚女人从台阶上推了下去。在今天大银幕上血流成河的暴力时代，那很可能是个喜剧情节。但是话说回来，没人看过之后能忘得掉。）

威德马克来到施莱辛格家里。他是一个高大、富有教养、完美的绅士，已经记住了角色的大部分台词。当他用轻微的德国口音读着牙医情节时，特别耸人听闻。后来我们一起打车回访了他下榻的酒店，聊到了他的女婿桑迪·科法克斯。

那天下午之前我从未见过他,在那之后也再没见过他。但其他所有前来试镜的人,都无法与之媲美。

*

由小说改编为剧本的过程中,唯一两个比较容易处理的片段是临近结尾时塞尔在钻石交易区终于被犹太人认出的场景和牙医的场景。我在《在银幕生意中冒险》里写到了与霍夫曼和奥利弗一起排演的故事,这可是真实的事件。我们雇了一位牙医去现场辅导奥利弗,我们所有人围坐在大桌子旁进行第一次剧本朗读。这可是我的重要时刻,在座的可都是电影界的精英:一位奥斯卡获奖导演——施莱辛格,霍夫曼、沙伊德勒与比尔·德韦恩等优秀演员,当然包括奥利弗,我的英雄之一,还有威利·梅斯、桑迪·科法克斯与欧文·肖。

我,我总是在这样的时刻感到劳累和恐惧。

我已经写完了小说的一些草稿和电影的若干版本,我被鞭策着,希望自己到最后能圆满完工。我已经没有其他东西来供给该项目了,这就是发生在一个编剧身上的事,至少是我。你已经思考了很长时间,常常在脑子里或纸上思考着,你开始变得昏沉沉、傻乎乎、精疲力尽。我希望阅读可以起作用,那样我就可以把手头的工作放在一边,开始重建我的大脑。

阅读不只起了作用，而且进行得相当顺利。结束后有一阵停顿。珍贵的停顿，空气中充盈着满意之感——。

接着，从某种愚蠢的沮丧气氛中，这位牙医发话了。"我不了解你的其他情况，但坦白地说，我对这个剧本有很多疑问……"

噩梦。

要是你也写剧本，你就永远不知道敌人是谁。有些人就是要诅咒你，那是个不争的事实。我知道霍夫曼是敌人——他觉得他对于那个角色太年轻了，他当然是对的。我知道施莱辛格可能是个敌人——他和其他所有擅长此道的人只负责整个工作的商业部分，唯恐他们的事业陷入危机。但是这两个人当时很开心。我自由了，所以放松了，枯竭了，直到那个牙医变成了布鲁克斯·阿克金森。

我对着他吼道："你在这儿管好牙就行了，离该死的剧本远点儿。"他不知道作家能有多疯狂。事实真的是这样：如果我有一支枪，我想我会带着它跑路，因为这家伙死了。

我并没有参与拍摄和后期制作。电影首映时我不在美国而在荷兰忙着写《遥远的桥》。但在回国后第一个星期六的晚上，我去了时代广场的一家大型的剧院，坐在剧场右后方——那是我看电影时青睐的位置，容易逃走。

灯光熄灭，电影开始。有些事情立马清晰起来：你不能总让那些才华横溢的人出演类型电影。霍夫曼太棒了，其他人也一样，我想娶希尔·劳伦斯为妻。我挺放松，坐在黑暗中举着爆米花。这绝对是一部相当不错的电影。我挺喜欢它。

可是到了一半多的时候，我了解到一件糟糕的事情：观众讨厌它。走廊挤满了离去的人群。我惊呆了。"等等，"我想向他们大喊，"它没那么糟。好戏来了。请不要走。"（这是一个编剧最深的恐惧——你写得太烂了，他们讨厌你的作品，他们甚至连一个小时也待不下去了。）

"求求你们……，"我几乎要当着他们的面哭出来了，"我为你们准备了惊喜。"

没什么能阻止他们。

我瘫坐在自己的座位上。我以前从未这么严重地偏离靶心。这会儿走廊空了，牙医场景即将上演。

嗯。

我被它深深吸引了。我为施莱辛格的处理方法感到高兴：所有的一切都很委婉，没有血流成河的时候，只有充满恐惧的眼与脸的镜头。

非常棒。如果观众留在这儿，他们一定会喜欢它的。

事实上，他们留下来了。他们并不讨厌电影，只是他们听说了牙医场景，决定不冒险一试，去买爆米花了。牙医场景结束时他们鱼贯而入，开心地入座，我也一样，直到电影结束。

*

最后的关于牙医场景的记忆。

1992年我又去了牙医那里。那时候我的牙齿出现刺痛，我知道这意味着牙根管出问题了。我决定不管它，希望疼痛能维持在可以忍受的范围之内直到周末，到那时我就可以回纽约了。

它并没有。我四处打听，找到一位专家，去见了他。这家伙在满是专家的办公室工作——牙根管病患者多得能装下一节长长的火车车厢。我坐在椅子上，他开始工作。

我们聊着天。"您来洛杉矶干吗？"他开始了，我已经知道，他真正的意思是：要钻孔了。我既可以撒谎说我是卖玉米期货的，也可以说实话。说实话毫无趣味，因为我已经老得不需要保持信誉了。按照常人的做法，我决定争取时间。

"做生意。"

"什么样的生意呢？"

转折点问题。我接着说："我是一个作家。"

"您都写些什么呢？"

停顿。

"书和电影。"

"嗯。有意思。"这时,最讨厌的问题来了。"我可能看过哪些您写的电影呢?"(他们常常一部也没看过。)

我完全在他的掌控之中,你要明白。我后仰着。他是个大高个儿,朝我俯身时似乎更高大了。管他呢,碰碰运气吧。

"《霹雳钻》,包括书和电影……"

停顿。

对上号了。"请您原谅。"他说完便走开了,但过了一会儿又回来了,在我的口腔内轻柔地操作,直到结束。我向他道谢,起身离开。

当进入走廊的时候,我看到沿着护栏满是牙医,所有人都从他们的小屋子里盯着我。他告诉了他们他正在惩罚谁。我对那样的注视很不习惯。所有这些人,盯着我。我在那个白大褂的世界,小有名气。

电影生意中每个人都是明星的脑残粉。那种事以前从未发生在我身上,之后也没有。可就在那一刻,终于,我熠熠发光……

演员表

达斯汀·霍夫曼	饰	贝比
劳伦斯·奥利弗	饰	塞尔
罗伊·沙伊德尔	饰	多克/斯库拉
威廉·德韦恩	饰	詹韦
玛尔特·凯勒	饰	艾尔莎
弗里兹·韦弗	饰	比森塔尔
理查德·布莱特	饰	卡尔
马可·劳伦斯	饰	埃哈德

淡入

我们看着一个精疲力竭的男孩,感觉被榨干了,可能二十五岁。我们不知道我们在哪儿或者到底发生了什么,但他正坐在屋子角落的一把椅子上,直勾勾地盯着前方。他不是一个人——从房间的其他地方传来我们无法辨认的嘟囔声。他正和我们看不到的某个人说着话。他叫贝比,坐在那儿,一动不动。他眨着眼,一次,又一次。(我们将偶尔回到这个紧凑拍摄,正在发生的事情都会变得越来越清楚。我们在被告知着什么,但前后却不一致。换句话说,他说的话不必然和接下来的事情彼此联系。他不是一个情节装置——我们在这儿尽可能涉及情感。)

贝比(看着镜头,说着什么)……

一个持爱尔兰口音的人(画外音,柔和地)_ 我听不太清你说的话。

贝比(仍然看着镜头)_ 水?

(眨着眼)我想喝点儿水,请……

镜头外的嘟囔声继续着。贝比像先前那样坐着。他穿着裤子和白衬衫。这时镜头拉远，恰好让我们辨认出刚才不甚清晰的事情：这孩子满身是血。这时——

切入

银行地下金库。

警卫正在搬运一只精致的保险箱，并将它锁起来。

保险箱的主人似乎是一个老头儿，最引人注目的特征是他深深的蓝色眼睛。那老头儿的穿着并不那么讲究，他看起来跟那只昂贵的保险箱可不怎么登对。警卫锁好保险箱后，把钥匙递给老头儿。老头儿点点头，把钥匙端详了一番，在转身离开前，小心地将钥匙放进了右手边的口袋。

切入

车库。

一辆汽车正在接受检查，引擎盖开着。修理工只露出半个身子，摆弄着。在一旁看着的是另一个老头儿，此人名叫罗森鲍姆，最显著的特征是他的鼻子。

修理工_ 你想知道什么，罗森鲍姆。

罗森鲍姆（**显然是易怒类型**）_ 你告诉我你为什么卖给我一台只有在冬天才能用的空调——

修理工_ 是工厂检验的,别冲我发火。

修理工关上引擎盖。

罗森鲍姆(他总是发火)_ 九月下旬的天气九十多度①,我要开车去泽西岛,还带着一块工厂检验过的、不喜欢大热天的废物,你想让我跳踢踏舞吗?

(嘟囔着)该死的星期四。我一生中所有可怕的事儿都发生在星期四。我在星期四结婚,我在星期四拔牙——

(发动汽车)你知道有首歌说星期六晚上是一周之内最糟糕的夜晚吗?好吧,胡扯!星期四你才要当心呐。

接着他猛地把车开走了——

切入

罗森鲍姆驾车蜿蜒着驶上第一大道。交通拥堵并没有干扰到他——他带着他说话时那样明显的怒气开着车,不停地按喇叭,向邻近的车挥舞拳头。他往前开时——

切入

第一大道上的商铺从车窗外闪过。这有一个初始的提示,提示我们将持续看到的一系列画面:危机中的城市。商店空着。好多空商店。还有其他的许多商店前面挂着"打

---

① 此处是华氏度,90华氏度约合32摄氏度。

折"的牌子。别的商店在门口拉上了铁门,尽管这会儿才中午。你可以看到售货员从门后向外看,没人露出高兴的神情。

通货膨胀、萧条、不景气,你爱怎么叫就怎么叫。显然现在正处于危机时期。从商店标牌的风格我们可以判断,我们身处的这一片区域拥有着浓郁的德国色彩,至少曾经是这样。这时——

切入

一辆大众汽车在87号大街的中间熄火了。街道左右两边都停满了车,路面很窄,所以谁也开不过去。从大众汽车后面传来了喇叭的催促声。大众汽车司机——我们刚才见过的那个从银行出来的老头儿——正试着发动引擎,可发动机却不怎么配合。

纽约街头人种混杂,行人从车旁走过,西班牙人、黑人和白人。有趣的是,还有犹太人,他们好多人都带着无边便帽。正值犹太节庆——或许附近就有一个犹太教堂。喇叭声变得愈加紧迫,时间也按得更长——嘀!嘀!我们听到一个男人的声音——

镜头拉远,露出

罗森鲍姆在他的雪佛兰里大汗淋漓,他被困在大众后面。

罗森鲍姆_ 快把这破车开走——

（**更大声**）我跟你说话呢，先生，开——走！

大众差点儿点着火，但又熄灭了。罗森鲍姆探出雪佛兰车窗，对前面的老头儿喊着。

罗森鲍姆_ 你是个该死的讨厌鬼，你知道吗，你个老狗？

大众司机（**也伸出头来，说了一个词**）_ Langsamer!

罗森鲍姆_ 别跟我说"别着急"，你个德国蠢货。

（**更大声地嚷道**）别跟我说"Langsamer"，你个德国蠢货。

大众司机（**更大声地**）_ Langsamer!

作为答复，罗森鲍姆把车往后倒了几英尺，接着一脚油门把大众往前顶了大概半英尺。撞击的声音让罗森鲍姆感到非常满意，这时他探出窗外，大众司机正回头盯着他，挥动着苍老而干瘪的拳头。罗森鲍姆再次倒车，就在他要往前开时，他探出窗外，破口大骂，这次用的是德语。大众里的老家伙也用德语回骂着，须臾间，他们开始用这另一种语言相互咒骂。接着，罗森鲍姆再次前进，把大众撞得老远，这次撞出去至少一码远。罗森鲍姆几乎都要笑出来了，他兴奋极了。

大众里的老头儿一次又一次地试着发动汽车。

切入

罗森鲍姆仍然笑着。他第三次倒车,但突然笑容不见了,换成了惊讶。

切入

大众终于打着发动机开动起来,把雪佛兰远远地甩在后面。罗森鲍姆惊呆了,他一边把他的车往前挤着,一边打开节流阀,两辆老爷车开始了疯狂的追逐战。

切入

人行道上的人群。这地方很危险,因为两辆车都在狂飙,那样会伤到路人,当行人们转身看去时……

切入

雪佛兰追了上来,大众颤抖着就像快要散架,它无法和雪佛兰保持同步。这时,罗森鲍姆试着从右侧超车,可他办不到。

切入

大众司机通过后视镜看到雪佛兰驶来的方向,突然右转,把雪佛兰给堵上了。

切入

罗森鲍姆试着通过向左靠绕开。

切入

前方公园大道,交通灯由红转绿。

切入

车里的两个老疯子,从十字路口疾驰而过。刺耳的鸣笛声,发动机的呼啸声伴随着画面。

切入

一辆油罐车停在一幢建筑的门口,我们不知道是哪儿。这个镜头和先前发生的事儿一点儿联系也没有。万籁无声。

切入

两辆车从公园旁边冲过,沿着87号大街前进。

切入

罗森鲍姆试着超车。

切入

大众司机围堵着后面的车。

切入

雪佛兰因追逐而颤抖着。

切入

大众危险地迂回着。这时……

切入

再次出现油罐车的静止画面,只是这次没那么安静。除了油罐车我们什么也看不到,可我们能够听到两辆汽车呼啸而来。这时我们知道那是无法避免的了,什么也阻止不了……驾车的两个老头儿和这辆巨大的卡车之间将发生可怕的联结。

切入

罗森鲍姆第一次意识到自己失控了,但他没法停下车来。两辆车穿过麦迪逊大街,冲向第15号大街……

切入

大众司机怕了,因为汽车正在发出可怕的噪音,但他也停不下来了。

切入

油罐车静静地待在那里。这时我们看到那两辆车驶过来了,靠得更近了。它们试着从旁边通过或停下来,虚晃或躲闪。油罐车就停在那里,大众开始减速以避开油罐车,却和后面驶来的雪佛兰撞在一起,它们朝这边飞过来了……彻底完蛋倒计时:六、五、四(汽车旋转着,完全失控)、三、二、一。它们猛冲进油罐车,着火了。爆炸声恐怖而刺耳。

切入

一个保姆带着一个有钱人家的小孩儿。保姆护着孩子,他俩都开始尖叫。

切入

火焰直上云霄,老天爷才知道冲向空中的火焰有几层楼高。

切入

一小群人，大部分是带着无檐便帽的犹太人，站在一座犹太教堂前。由于热浪的阻挡，他们不能靠得太近，还是站在那里，目瞪口呆。越来越多的人涌出大楼走向这场浩劫。

切入

罗森鲍姆瘫在那儿死了。

切入

大众司机应该也死了。或许吧，但是他在动。他用尽所有残留在老迈且破碎的躯体内的绝望，想从口袋里掏出来什么，终于他做到了。

切入

在他手里的，是那个保险柜的钥匙。他试着保护好它，却力不从心了。他四仰八叉地死在座椅上，双手摊开。钥匙跌落，被火焰吞噬。

切入

一个二十来岁的黑人小伙子拿着一台相机，极度亢奋地一边疯跑一边按动快门。

切入

被烈焰包围的油罐车。

切入

中央公园水库。

几小时后,即将入夜。

两个穿着运动套装的矮胖家伙喘着粗气走了过来。他们来到第五大道附近时停了下来,朝路的一旁凝望。我们跟随他们的视线看向车祸发生的地点。

他们望着车祸遗址。火焰不再,人群亦不再。只剩下正把大众、雪佛兰以及油罐车像煤渣一样的残留物分离的巨大拖车。拖车仍带着噪音工作着。

两个胖子继续出神地望着。这时,贝比从他们身后跑了过来。他穿着运动短裤、阿迪达斯鞋和一件运动衫,头上戴着一顶长檐儿的高尔夫球帽。贝比显然跑得不错。他可能并不是我们见过的最优雅的事物,可当他出现在那里时,他在他的衣装和球帽之下显得还挺华丽。他在那两个胖子身后停了下来,望着同一个方向。

大众和雪佛兰在某种终极对抗中嵌在一起,不可能将它们分开。

贝比用一根手指抵住门牙,做了个小鬼脸。他看了一会儿,又开始跑了起来。

这会儿正前方是一个经验丰富的跑步者,跑得很快。贝比加快了速度,开始靠近。前一个跑步者表现得很棒,但贝比紧随其后,不甘示弱。

这时在昏暗的跑道上,一个醉鬼突然从右侧的灌木丛里冒出来,晃晃悠悠地站在跑道中间,手里拿着一个瓶子。另一个醉鬼紧贴在一棵树上。昏暗中,他们的样子有点儿吓人。

贝比看见跑道上的那个醉鬼没有挪动,那简直是在自找麻烦。贝比假装向左,却向右跑去,醉汉在他身后兜着圈子,但贝比已经绕过他了。前方,经验型选手已经开始往回跑了。贝比加快速度,但速度开始惩罚他的身体。他这会儿大声地喘着气,但没有减速。他只是遇上麻烦了,被醉汉打乱了跑步的节奏。经验型选手跑得更快了,看来贝比永远也追不上那家伙了,就在这时——

切入

另一个时间,另一个地点。

一个小男孩在田野上奔跑。田野的尽头处站着一个人——我们之前没见过这人,他戴着无框眼镜,他的双臂朝着小男孩的方向敞开着。这时,他的话,在这个阳光明媚的难忘之日,于风中轻轻传送。

戴无框眼镜的人_一直跑，贝比——

小男孩听到这话，跑得更快了。

切入

贝比这会儿来到水库，他也跑得更快了。他此时恢复了节奏，这对他而言才算真正意义上的奔跑。他前面的人开始动摇，就在那个人迟疑时，贝比一闪而过，把他甩在后面。

太阳落山了。贝比继续跑着，一个骑自行车的孩子冲了过来，撞得贝比失去了平衡。贝比开始追他，很自然，你别指望他能追上孩子，但他设法追上。贝比慢慢地开始去阻截自行车的去向。骑车的孩子在座位上半扭着身子，看到贝比过来了，吓得转头狂蹬而逃。他拼命地踩脚蹬子，像一台搅拌机。

但他没能动摇贝比。也许你不能仅从人们跑步的样子就判断出很多关于他们的信息，但你一定可以说出贝比的特点——他不轻易言弃。

贝比追着，阳光穿透了水库那平静的水面。

切入

六个波多黎各人。

他们十四五岁，敞着怀坐在灰色的石阶上，狂饮啤酒，抽烟。他们可不是天真无邪。其中一个人坐在比其他人更高的台阶上,更高大些,似乎也更聪明些。他的名字叫梅伦德斯。

首先俯身的孩子(对梅伦德斯说)_ 嘿,梅伦德斯——(**向下指着街道**)是坏小子。

这时我们看到贝比朝他们跑过来,经过他们向离公园不远的赤褐色砂石建筑跑去。

梅伦德斯_ 你觉得怎么样,坏小子?(贝比没有吭声。)大热天跑步很好玩,是吗?

贝比这会儿改为步行,踏上楼梯。他继续前进,不理会他们的挑衅。梅伦德斯模仿起贝比整理帽子的样子。

梅伦德斯(十分做作地)_ 我只是爱慕他的城堡。

不由自主地,贝比整了整帽子。他整帽子时,他们笑了起来。贝比径直走上台阶,远离他们的笑声。

切入

贝比的单间公寓。

这可不是间美观的寓所。并不是说这地方很脏,只是这里到处散落着书,书架上摆满了书,地板上一大堆书。家具家电包括一台高保真音响、一台电视、桌子、床、躺椅等等。

贝比拧开浴缸龙头后从盥洗室里走了出来。这会儿他腰上缠着毛巾,还带着高尔夫球帽。他走向桌子,拿起一本厚重的书,翻开。我们瞥到桌上有一个相框——是贝比跑步时我们匆匆看到的那个人,一个属于另一个时间与地点的人,他向小男孩展开双臂。

拿着书,贝比转过身,边看书边走向小冰箱。显然,他常常边走边读,可以绕开挡在半路的任何障碍。在到达小冰箱之前,他一步不停地走过电视并点开了它。我们之前看见的那个为车祸拍照的黑皮肤小孩正在接受采访——正是六点整的新闻时间。

记者_ 接下来发生了什么?

黑皮肤小孩_ 嘣!接下来嘣的一声。

这会儿贝比正在冰箱旁。他打开冰箱,露出许多瓶佳得乐①、一些金枪鱼罐头、花生酱、利兹小饼干、速溶咖啡和长条糖。他抓起几根长条糖。电视采访继续进行。

记者(画外音)_ 您能告诉我们些别的什么吗?

黑皮肤小孩(画外音)_ 我拍了些一手照片,《每日新闻》可能会用得上……

---

① 佳得乐(Gatorade)是一种全球领先的运动型饮料,可补充人们在运动中所缺的水和电解质并提供碳水化合物来增强运动耐力。

记者（画外音） 我是说您的感受——这是一件触目惊心的事情吗？

黑皮肤小孩（画外音） 哦，是的，比《火烧摩天楼》还要可怕。

墙上挂着两位跑步健将的照片，精致相框的下方写着简介。一个人是黑皮肤，另一个人是白皮肤。

帕沃·努尔米	阿贝贝·比克拉
"飞翔的芬兰人"	"赤足奇迹"
7块奥林匹克金牌得主	2块马拉松金牌得主
1920—1928	1960—1964

贝比将目光从书上移开，抬头看了看两位跑步健将。他大致观察了一下两位，然后把高尔夫球帽挂在两张照片之间的钩子上。他走向浴缸，把书放在一边。电视机还开着，这会儿采访已经结束，正在播放车祸的画面。火焰在油罐车上喷涌而起，消防员正忙着，试图将火扑灭。

保持火焰的镜头，接着——

切入、紧凑拍摄

贝比坐在椅子上，满身是血。他咕嘟咕嘟喝干一大杯水。喝完，他坐立不安地拿着水杯。

贝比 贝比。

持爱尔兰口音的男人（画外音） 嗯?

贝比 你不是问我叫什么名字吗？人们管我叫贝比。

（把水杯放下）听着——我只是个研究生，我不知道发生了什么，我是一个历史学者。我来自历史学者之家……

（掏出钱包）你给哥伦比亚大学打电话，他们会告诉你的……

（抽出一张像是信用卡的卡片）看到没？这是我的照片和签名，还包括我去过哪里，所有一切。上面的一切都是关于我的……

他举着卡片朝镜头伸过手来。卡片上有一张护照专用照片，普通而平整，还有他的名字、签名和大学名称。

切入

洛杉矶国际机场泛美航空起飞航班公告牌。

画外有许多低声细语，我们迅速地拉回镜头，露出凝视着公告牌的人群。他们看起来很不开心——所有航班都延迟了。机场看上去像被包围起来了，旅客像是用来交换钞票的人质。这时扬声器里传来一阵声音，声音有些紧张。你能感觉到说话人最近做了太多这样的通告。

切入

扩音器。

扩音器_ 泛美航空很遗憾地通知各位,飞往夏威夷的波音747客机909次航班继续延迟。909次航班预计在三小时后起飞。

人群中传来一阵可怕的呻吟。

扩音器_ 感谢大家的理解——由于我们的工作失误给您造成的不便,泛美航空致以最诚挚的歉意。

人们坐着、站着、争吵着。有个孩子在边哭边喊"我饿了"。好像这一大片区域突然挤满了难民。

这时一个模样粗犷的家伙走进画面,快速浏览着起飞航班公告牌。你能说他点儿什么呢?他不是特别高大,却给人以有力的印象。他不是那么英俊,但很难否认他对女性的吸引力。他穿着得体又不仅仅是得体,你也许把这叫作"雅致的加利福尼亚风格"。他介于三十五岁到四十岁之间,显然无论做什么,他都能做得很成功。这会儿他转过身,朝着"酒吧"的牌子走去。

切入

酒吧。

俗气而造作,生意兴隆——许多愤怒的人坐在一起喝着酒，有些人在打牌，更多的人在便携小棋盘上玩着十五子棋。在酒吧的尽头，一个瘦小的男人正独自喝着酒。他的假发，即便从我们这里看过去，都是个悲哀的、格格不入的东西。

粗犷模样的男人站在酒吧门口，他犹豫了好一阵儿。然后，他毫无预兆地用迅捷的步伐向前走去。

假发男人正坐着喝酒。突然，粗犷模样的家伙用双臂挽住他，隔着一段距离看就好像一对扶轮社①会员正秘密地搂在一起打招呼。但是在特写镜头中我们能看到假发男人被死死地扼住双臂，很无助。

粗犷模样的男人＿ 不许动，艾坡。

艾坡（快速地）＿ 我没带武器。

粗犷模样的男人（放开对方，坐在一旁）＿ 和阿拉伯人一起生活怎么样，富有而俗丽？

艾坡没有回答这个问题。

艾坡＿ 我很高兴你能坐下，斯库拉。

斯库拉＿ 那就好，我刚刚还不确定你是否想让我坐下。

艾坡＿ 我为什么不想？

---

① 扶轮社，一个提供慈善服务，鼓励崇高的职业道德，致力于世界亲善和平的社团组织。

斯库拉　或许因为上次我们曾设法杀掉对方。

艾坡　你是说在布鲁塞尔？（斯库拉点点头。）哦，那是工作，工作和私交可不一样，你是知道的。我总想见见你，斯库拉，真的。

（**对酒保说**）给我再来杯一模一样的——伤痕、摇滚、柠檬。都是你常喝的，对吧？

斯库拉点点头，酒保离开了。

艾坡　我们关于你的资料真的非常厚。你从事着光荣的职业。你和陈现在是最棒的了。

斯库拉　我进这一行的时候，你和费黛里奥都在。我读了手头上关于你俩的所有材料——我就像是威利·梅斯[①]的粉丝一样翻遍了过期的棒球杂志。

切入

酒保回来了。艾坡直接拿起他的新饮料，喝了一大口。斯库拉咂了一口他的，看着艾坡。

斯库拉　你为什么在布鲁塞尔没有打中我？我没有抱歉的意思，你得明白，但对于你这种人来说那一枪并不难。

---

① 威利·梅斯，前美国职业棒球大联盟的著名球手，被誉为棒球史上最优秀的球手之一，被选入棒球名人堂。

艾坡_ 我想是影子。我准备打你的脑袋却击中了墙。

斯库拉(祝酒)_ 为更多影子干杯。

艾坡(又喝了一口)_ 你打一开始就该认识我,斯库拉。我辞退费黛里奥的时候,还算是个人物。

斯库拉_ 你把费黛里奥辞了?

艾坡_ 我开过最棒的一枪——

(又喝了一口)那是个不可思议的故事,真的。

斯库拉_ 给我讲讲。

艾坡_ 一言难尽。

斯库拉_ 你要从这儿去哪儿?

艾坡_ 伦敦。

斯库拉_ 我也是,我们坐一起吧,你可以在飞机上给我讲。

切入、特写

艾坡干掉了酒。

艾坡_ 他们给我寄了张经济舱的票。

切入

斯库拉沉默了一会儿。

斯库拉_ 用来掩护?

艾坡摇摇头。

斯库拉_ 或许是弄错了。

艾坡又摇了摇头。他又点了一杯。

艾坡_ 我比大多数时候都要干得好,我想。

斯库拉_ 真差劲——暗示你的工作等级正在下降。为什么不派你去执行无法生还的任务,以那样的方式体面地干掉你?

艾坡的新饮料来了。

艾坡_ 你知道你坐下之前我喝了什么吗?没有一个女人不是让我买的单,没有一个小孩儿知道我的名字,没有一顶假发增加了我的魅力。

他摸着自己糟糕的假发。

斯库拉(毫不迟疑地)_ 多愁善感的废话。

艾坡(受刺激了)_ 你们无法想象被辞退的感觉——你这样的人和那个该死的假眼陈,你们觉得这不会发生在自己身上,但我向你们保证——

(盯着斯库拉)他们总有一天也会给你们寄经济舱机票的。

切入、特写

斯库拉停顿一下。接着他看着艾坡。

斯库拉_ 给我你的票——

艾坡_ 怎么了?

斯库拉_ 给我就是了——我帮你换到头等舱。别担心,我来付差价。

艾坡_ 多愁善感的废话。(他递出机票时却露出兴奋的神情。)这,这,拿着。

斯库拉拿过机票。

艾坡_ 该死的,斯库拉,我很高兴你能坐下来,我要告诉你费黛里奥的故事——

(**加快速度**)我把特兰持也辞了,在同一年。我以前从不承认自己把他俩给辞了——我要告诉你在没有影子之前世界是什么样子的……

(**高兴地跳下凳子**)你显然知道我要去哪儿——我肠子的问题也一定在你掌握的资料里有所记载……

斯库拉_ 放心吧。

艾坡小跑着离开了。

切入

斯库拉在泛美航班售票处。

他把艾坡的票塞进柜台,售票员点点头,拿起票。

切入

机场。

这里比之前更像难民营了。这时,扬声器又发话了,乘客甚至在广播还没有完全清晰时就发出了愤怒的抱怨。

播音员_ 泛美航空很遗憾地通知各位,飞往纽约的88次航班……

播音员知道乘客的抱怨已经盖过了自己的声音,他听上去也很累。

播音员_ 各位,我们并非有意为之,相信我。

切入

斯库拉从工作人员那里接过新票,回望酒吧。

切入

酒吧。

斯库拉走了过来。艾坡的椅子还是空的。斯库拉迟疑了一下,转过身。

切入

男洗手间。

一个男子走过来,推门。

门锁着。有个告示。男子扫了告示一眼,这时斯库拉走了上来。男子走开了。斯库拉看着用航空公司官方稿纸打印、贴在门上的告示。

插入:

告示

很抱歉给您带来不便。水管故障。请使用位于扶梯底部的设施。

谢谢您。

切入

斯库拉把告示仔细地看了一番。他正要离开,又折了回来,看了看告示,特别是"设施"一词。

切入

突然他的手中现出一把小刀,刀锋的最前端被卷成一个小钩。斯库拉将它滑进门锁,上下搅动。

切入

男洗手间里面。

斯库拉装作喝多了的样子,摇摇晃晃地进去,挪向水槽。两个人吃惊地望着他。一个是拿着扳手和其他工具的工程师,是白人。另一个是门卫,正推着一个巨大的帆布垃圾袋,是黑人。袋子里塞满了亚麻制品,擦手用的长毛巾一类的东西。

斯库拉(骂骂咧咧)_ 马提尼全都是杀手。(他打开了冷水龙头,水缓缓流出。)马提尼全都是杀手。

工程师(很礼貌地)_ 您必须把它关上,先生。

(用扳手指着水龙头解释道)设备不能正常运作了。

门卫_ 门上有个告示,您没看见吗?

斯库拉(装糊涂)_ 写着"男厕所"——我当然看见了,你觉得我想让一群女人对着我尖叫吗?

(假装烂醉)马提尼全都是杀手。

切入

工程师关上水龙头。他客气得不能再客气了。斯库拉看着水槽上方的镜子。门卫朝门走去。

工程师_ 我真的不能让您用这儿的水,先生,很抱歉。

切入

大帆布袋的开口处堆着亚麻制品。亚麻制品下面,目光所不及之处,不难猜到艾坡已经躺在里面死了——有个清晰的轮廓,无疑是他的尸体。

斯库拉(从镜子里看着袋子)_ 我也很抱歉。
门卫(从前门走回来)_ 告示还在那儿——
工程师_ 您刚才不应该进来——
斯库拉_ 我走,我走——

他朝镜子看了最后一眼。

切入

厕所隔间的角落里,艾坡那格格不入的假发躺在地上。

切入

斯库拉突然疯狂地爆发了——

斯库拉_ 你们应该等一下的,上帝啊!

切入

工程师和门卫都惊呆了，接着工程师把扳手举到半空——

切入

斯库拉火速移动——他的右拳狠狠击中工程师的下巴，将他撂倒在地。门卫正设法自卫，但是他的速度太慢了，斯库拉已用左手的掌根击中他的脖颈，筋骨噼啪作响。门卫被打垮了，在工程师身边倒下。

斯库拉_ 你们趁他脱裤子的时候杀了他，你们侮辱了一个传奇——

（声嘶力竭地）你们为什么不等一下！

切入

工程师和门卫两人都挣扎着。工程师只能喘着粗气，托着自己受伤的颈部。门卫只是躺在那里，目光呆滞。斯库拉朝他们走过来。

斯库拉_ 要是我把你们的裤子扒下来，你们会喜欢吗？然后让你们蹲下，你们会喜欢？然后把你们宰了，你们会喜欢吗?

工程师继续喘着可怕的粗气。门卫开口了。

门卫_ ……奉命而来……

斯库拉_ 我不清楚你们是哪一派的,我也不在乎,你们记住我说的话:总要——给——一个——人——留下点——什么。

(对门卫说)懂了吗?

门卫点点头。

斯库拉(看着工程师)_ 说!!

工程师_ ……总……总要……给一个……人……留……留下……点……点……

(喘气)……什么……

斯库拉继续盯着他们,两眼炯炯有神。

保持斯库拉的镜头。接着——

切入

另一个有着明亮双眸的男人。他坐在排满书籍的办公室,读着什么。五十五岁,或许是六十,瘦成一条鞭子,穿着考究。这是比森塔尔,他的才智无可置疑。外面是白天,我们可以看到来来往往的大学生们。传来一阵敲门声,我们听到贝比的声音。门开了一条缝。

贝比（画外音） 比森塔尔教授？

（探头进入画面） 您找我？

比森塔尔点点头。贝比走进来，在桌旁坐下。他穿着卡其裤、里维衬衫，戴着结打得很难看的领带。他看起来，像他平时一样，惹人注意的劣质。

比森塔尔 我看完你最新的那一章了。我有点儿发愁。

贝比（很吃惊） 迄今为止我觉得那部分最好了。

比森塔尔 我没说不好。

（打开一个抽屉） 让我们回顾一下。

（抽出一张纸） 标题页：现代美国的法西斯主义。当然是个够无趣的博士论文题目。

（抽出论文页，不是很多） 导论：12页，写得很清楚，提出研究目的。

（再抽出一些，不是很多） 第一章：柯立芝和波士顿警察罢工。27页，合理的总结。

（把它们放下） 第二章：罗斯福和加利福尼亚集中营。23页，也很合理，主题广为人知。

（停顿） 第三章：约瑟夫·麦卡锡和二十世纪五十年代大清洗。

（提出一大捆稿纸） 385页。

（**看着贝比**）我问你，列维，保持均衡对你而言很困难吗？

贝比紧张地坐着，没说话。

比森塔尔　我感觉你在努力重建过去或把它转化成爱好。是哪个呢？

贝比　都不是。

比森塔尔　哦，听好了，先生。你父亲去了丹尼森，你也去了丹尼森；他得了罗兹奖学金，你也得了洛兹奖学金；他来这儿读博士，看看这会儿在我面前坐着的是谁。

（**敲着那厚厚的一章**）他被麦卡锡毁了，现如今你交来这个。

（**看着贝比**）不管你做什么都无法还他清白。

贝比盯着比森塔尔

贝比　我知道他是清白的。

切入

他们两个人在哥伦比亚校园里走着。他们路过的建筑是典型的大学石楼，上面画满了涂鸦。没有粗俗的东西，也没有美妙的东西，只是些涂痕。

比森塔尔　一般来说我不把自己和学生搅在一起——我自己有很多事要做。但你的父亲是我的导师……

贝比（打断）_ 听着，真的，我很好。

比森塔尔_ 你哥也卷入了你的改革运动吗？

贝比（似笑非笑）_ 多克？他是个财迷，他做着石油生意，梦想着税务保护，聊着法国红酒。他只喝法国红酒，他只穿手工裁剪的布洛克斯兄弟西服。他有点像是个世界级的艺术爱好者。

（摇着头）我不清楚为何我竟会觉得他很可怕，好吧，你知道，是他把我带大的，在……

（这支支吾吾）……你知道，我父亲出事之后。

贝比耸耸肩，不再说话。

比森塔尔_ 我希望你知道，他走的时候我哭了。

贝比_ 我们那天都不好受。

切入另一个场景、紧凑拍摄
贝比。

贝比（困惑地）_ 武器？你为什么想知道我有没有武器？

持爱尔兰口音的男人（画外音）_ 那么，你有吗？

贝比点点头。

持爱尔口音的男人（画外音）_ 是什么？

贝比_ 枪。

（**指向抽屉**）那儿，在我抽屉的底层，但它是上了执照的，完全合法——

持爱尔兰口音的男人（画外音） 一个研究生为什么有枪？

贝比 不为什么。

切入

另一个时间，另一个地点。

我们见过的那个在田野上奔跑的男孩这会儿在一间屋子里，玩着十岁的聪明孩子们爱玩的东西——可能是好多玩具士兵，摆成有计划作战的样子，墙上挂着一张作战图。男孩正聚精会神地玩着，忽然传来一阵极其恐怖的枪响。男孩冲出房间，跑过楼房大厅，停在另一个房间的门口，站在那里。他望向屋内，我们也看进去，只看到一张床，没别的了，没人在。

接着，慢慢地，镜头无情地展现出床后有一摊血，暗红色，越来越多。男孩大叫一声，向前跑去，止步，这时我们看到床后面卧着那个曾站在山顶的男人。那摊血来自那人的头部，他的右手边有一支枪，一支手枪。男孩开始尖叫。

切入另一个场景、紧凑拍摄
贝比。

贝比（死死地盯着镜头） 是我爸的。
保持贝比的镜头，然后——

切入
阳光明媚的一天，大本钟正报着时。回声响起的时候，我们快速来到白金汉宫，警卫正在换岗，我们看到鸽子飞过特拉法尔加广场。很明显这是英国，可爱而古老，就像它一直以来的样子。

然而它也许不是那样的，因为这时我们看到哈罗德商场的前面摆着大堆大堆的垃圾。显然这里正在进行一场罢工。我们环视所有这些垃圾，才明白美国不是唯一一个以瑞士风格的有效性而停止工作的地方。

切入
斯库拉沿着哈罗德商场走着。有一队人在等着进场，并不是因为商场生意兴隆，而是每个人在获准进入商场前必须经过仔细的检查。斯库拉停下来看着，一位上了年纪的富婆正在接受检查。

富婆（对检查人员说） 我讨厌这样。

（真的发怒了） 别以为我不讨厌这种做法。

她通过了——她取回了钱包走进商场。

富婆 有你们好看的。

斯库拉似笑非笑，穿过大街，独自走着，在一家礼品店前停了下来。可爱而小巧的骑士桥风格建筑。他端详着橱窗里的商品，这时，没有任何征兆，一颗炸弹在里面爆炸。

突然间一大团碎片喷涌而出，伴着尖叫和爆炸的狂野回声的，是一阵极度的困惑。斯库拉在想什么、做什么我们都无法知道了——他消失了，被那团碎片遮蔽后，人间蒸发……

切入

午餐时间，一间极为热闹的伦敦酒馆。

顾客满堂。一张三人餐桌旁，两个人正坐着喝啤酒。

他们其中之一，卡瓦诺，微不足道、相貌平平、没什么特点。

另一个人，长官，金发，三十五岁左右，英俊。他有种——自然散发的——英雄气息。这会儿他抬头看了一眼门口。

切入

斯库拉走进酒馆。他和之前穿的一样,但没那么干净。他的夹克的肩部被撕破了。他环顾着。

长官向他做了个手势,斯库拉走了过来。

斯库拉(坐下,点头致意)_ 长官。

长官_ 怎么了?

斯库拉_ 哈罗德商场对面发生爆炸。

卡瓦诺_ 该死的爱尔兰人。

长官_ 卡瓦诺——给他来个双份的"伤痕",去吧,去点酒吧。

卡瓦诺_ 遵命。

他起身离开,只剩下长官和斯库拉。

长官_ 好了——发生什么了?

斯库拉_ 我不认为是爱尔兰人干的……

(抢在长官之前开口)我觉得炸弹是冲我来的。

长官_ 你真得控制一下你的妄想症了,斯库拉。

斯库拉_ 我常逛那家店……我总在那儿买礼物……

长官_ ……我猜是给珍妮买的。(斯库拉点点头。)哦,上帝,斯库拉,你常在如斯吃饭,接下来该是那儿了吧?他们也会把多尔切斯特①炸飞吗?到底为什么所有人都那么想要你的命?

斯库拉_ 我不知道,但大家都不信任我。我跟你说,有些事儿我是不知道的。

切入

卡瓦诺拿着"伤痕",在吧台旁待命。他紧紧盯着那两个人。他们继续快速地交谈着。

长官_ 我会四处侦查,但我向你保证,没事儿!你是最棒的!大伙一致同意。

斯库拉_ 上一个这么说的人死在了男厕所的垃圾袋里,多保重。

(**倾身向前**)你明天回去。有事儿给我打电话。

长官点点头。

长官_ 你要是感觉好点了我下午给美国那边去电话。

斯库拉_ 我好多了。

(**揉着眼睛**)我就是恨透这些把戏了。太卑鄙了。

长官_ 我们卷进来的时候就知道了。

斯库拉(点点头)_ 我二十岁的时候,可没想着四十

---

① 多尔切斯特,位于英国伦敦的著名高级餐厅。

岁的时候是现在这样。

（盯着长官）传个信儿？

长官_ 给珍妮？（斯库拉又点点头。）如果这么做不是太伤感的话。（斯库拉一下子百感交集，沉默了。）好啦，让我们说说看，什么信儿？

斯库拉_ 小事儿。

长官_ 一朝被蛇咬，十年怕井绳。

斯库拉_ 没人说过我有品位。

他俩都笑了，长官给端来"伤痕"的卡瓦诺打了个手势。

卡瓦诺_ 什么事这么重要我都不能听？

长官_ 我们在聊看手势猜字谜——

（看着斯库拉）不是吗？

卡瓦诺_ 这游戏不错。

保持一会儿卡瓦诺的镜头，接着转向金发长官，再转到强壮的斯库拉。斯库拉看了长官一眼，不费吹灰之力干掉双份酒。

切入

伊斯林顿。

时尚之地，从伦敦中心坐一辆计程车即可到达。黄昏。这里有好多古董店，有一家是罗伯逊的。斯库拉独自走来，靠近罗伯逊的铺子，进入店内。

切入

商店内有许多小古董。店内光线很暗，我们看到罗伯逊在商店后面的摇椅上摇来摇去。他是个胖子，双手搭在膝盖上，腿上盖着一件长袍。

切入

斯库拉向罗伯逊招招手。

切入

罗伯逊继续摇来摇去。他并没回应，这时——

镜头推近

斯库拉突然冲向罗伯逊，他还没到他身边，就知道罗伯逊死了。死了没多久，因为摇椅还在前后摇摆。当斯库拉碰到他的肩膀时，他的脖子像只死鸡一样歪着，他是被勒死的。斯库拉环顾着，疯狂地从旁边的后门冲了出去。

切入

薄暮中的小巷。

斯库拉听着,一片静寂。他沿着小巷走去,全神贯注。静寂。他来到一所废弃的建筑。破碎的玻璃。黑暗。他停下来,盯着里面看,这时——

镜头慢慢地进入建筑。静寂。空无一物。我们在黑暗中越走越深。终于我们看到了什么东西。一个东方人面孔上的一只假眼。是陈。他站在黑暗中,从破碎的玻璃里向外盯着斯库拉。寒气逼人。

切入

斯库拉,盯着里面。

切入

陈,盯着外面。

切入

两个人都凝视着,他们或许看见了对方,又或许太黑了,他们没看见。但是他俩都感受到了某种东西的存在,因为,在很长时间里,他们都没有移动……

保持镜头。接着——

切入

午夜中的一个英国公园。

一个年轻女孩独自疾行。她可能去了布琳茅尔学院。天很冷。她把身上的外套裹紧了些,加快脚步穿越黑暗,直到……

切入

一条公园长凳。空着。她坐下来。镜头拉回,露出坐在对面长凳上的斯库拉。斯库拉身后是一片漆黑浓密的灌木丛。一丝风也没有。

女孩_ 我好像没有烟了,我只抽美国货。

斯库拉_ 哦,咱们别再过这些莫名其妙的暗号了,求你了。你觉着到底还会有谁凌晨三点坐在这儿,都快把屁股冻掉了?

女孩_ 我好像没有烟了,我只抽美国货。

斯库拉(叹了一口气)_ 你走运了,我是沙文主义者。(他掏出一包烟。她凑上来拿烟……)不许动。

她停住了。

女孩(套话讲完了)_ 你是斯库拉?

斯库拉_ 说了那么多,我就是。

女孩_ 我被派来告诉你,你开的价格太高了。

斯库拉看着她。这会儿她也紧紧地盯着他。

斯库拉_ 你也是被派来谈判的?

女孩(横眉冷对)_ 当然。

斯库拉_ 好啦,看在上帝的份上,还个价,那才叫谈判。

女孩_ 当然。

这时她的眼睛禁不住眨着,突然间被吓了一跳。

切入

斯库拉看着她,正纳闷到底怎么了,接着他知道了。他知道,自己正遭受暗袭。

切入

一根电线缠在他的喉咙上,他能做到的只是适时抬起了手。可是电线缠得越来越紧,他的手开始出血。

保持斯库拉被勒的镜头。

镜头移动,给某种可怕的东西一个大特写——刚才我们在破房子的黑暗中看到的假眼。现在我们看见了他的脸。

这时我们听到了对话,和刚才的一模一样。我们在时空中回溯,也就是二次折返到现在。

斯库拉（画外音）_ 哦，咱们别再过这些莫名其妙的暗号了，求你了。你觉着到底还会有谁凌晨三点坐在这儿，都快把屁股冻掉了？

女孩_ 我好像没有烟了，我只抽美国货。

斯库拉（画外音）（叹了一口气）_ 你走运了，我是沙文主义者。（他掏出一包烟。她凑上来拿烟……）不许动。

她停住了。

女孩（套话讲完了）_ 你是斯库拉？

斯库拉（画外音）_ 说了那么多，我就是。

陈开始向前移动。他左右手各拿着一根木棍，木棍被一根电线连起来。他是一个运动员，移动起来也名副其实。他放松双臂，一切就绪。在他的前方，我们能看到斯库拉，背对着我们。

女孩_ 我被派来告诉你，你开的价格太高了。

陈继续移动，将他那电线制成的武器稍稍抬高。他完全没有发出一丁点声响。

斯库拉_ 你也是被派来谈判的？

女孩_ 当然。

陈的双臂举得很高，他在斯库拉身后两步远的位置。他向前迈了一步。

斯库拉_ 好啦,看在上帝的份上,还个价,那才叫谈判。
女孩(惊慌失措)_ 当然。

切入

陈像风一样移动,他把勒人的武器绕在斯库拉喉咙上。他的身体保持平衡,他拉紧了电线。

切入

斯库拉大口喘着气,血从他的手掌涌出。他眨着眼,感到眩晕。

切入

女孩取出一支枪,穿过过道朝他们走来。

切入

陈将电线勒进斯库拉的皮肉,他个头不高,斯库拉比较高大。可当一个人受惊了,这也就没那么重要了。但是斯库拉突然用肩膀猛地一甩,陈飞了起来,狠狠地撞了女孩一下。然后陈惊呆了,斯库拉也呆住了,过了好一会儿,他们都一动不动,因为女孩已经不省人事,知觉全无。就在这时,斯库拉和陈都看到了她的枪,他们上去抢枪,陈抢先一步，但斯库拉把枪踢进了深不可测的黑暗草丛。他们站起来，兜着圈子，拳都打空了，只剩下两人喘着粗气兜圈子。斯库拉的右手废了，他把它藏在身后。但是陈沿着那个方向绕了过来，向着右侧，因为他知道这样的话斯库拉就束手无策了。所以当他实施最后的进击时，便是向着斯库拉的右侧。但是，他刚好撞上斯库拉右手的一击，那一掌砍中他的脖子，击中那里的时候传来两声惨叫：陈死前最后的悲鸣和斯库拉源自剧烈疼痛的尖叫。他手上的鲜血像喷泉般迸射。

切入

公园旁的电话亭。

斯库拉拨出了号码，他的右手上缠着一块手帕，血还是出得很厉害。

卡瓦纳（画外音）_ 分部。卡瓦纳。

斯库拉_ 斯库拉。

卡瓦纳（画外音）_ 收到，斯库拉。

斯库拉_ 转移。

卡瓦纳（画外音）_ 伤亡人数？

斯库拉_ 两个。在艾伯特纪念碑和兰开斯特大道之间。

卡瓦纳（画外音）_ 我这就通知他们。你怎么样？

斯库拉_ 手。

卡瓦纳（画外音）_ 我来通知诊所。

他挂断了电话。

切入

一个大针管，里面填上了麻药。

切入

斯库拉坐在一张桌子上，四周围着白布帘。一个医生模样的人拿着注射器。

斯库拉（有点尴尬）_ 我怕打针。

医生放下针管，扶着斯库拉经过清创的受伤的手，拾起一个器械。我们看到他缝了一针。斯库拉也看到了。出乎我们和他自己的意料，他退缩了。

斯库拉_ 嘿？（医生看着他。）我想我不那么怕打针了。

医生拿起针管，准备注射用以缓解疼痛的麻药。长官走了进来，走到斯库拉身边。下面的对话声音很低，速度很快。

长官_ 卡瓦纳电话通知了我……

（指了指受伤的手）我为午饭时说的话道歉，或许你的妄想症并没有那么严重。

医生操作着。斯库拉不忍直视。

长官_ 我给美国那边打电话费了些时间。卡斯帕·塞尔在曼哈顿死了，在事故中撞上了油罐车。

切入

斯库拉震惊不已。他望着长官。

长官_ 会改变什么吗？

斯库拉（停顿一下）_ 几乎所有的一切……

医生继续缝着。

切入另一个场景

图书馆书库。夜景。

一排小隔间，很多都有人了，有些空着。

切入

贝比在一间隔间内，桌上的书垒得老高。他全神贯注地工作着，在一沓印有格子的纸上奋笔疾书。他翻过一页纸，继续写着……

女子的声音（画外音）_ 你占了我的隔间。

贝比没注意。女人的声音更大了，听口音好像是外国人。

女子的声音（画外音）_ 18V是我的，请出去！

贝比（拼命写完一句话）_ 这是18T。出去，女士。

他抬起头。

切入

艾尔莎站在那里，怀里抱满了书，一个尤物。她转过身，走过另外两个隔间，把书放下。

切入

贝比盯着她的背影。他试着回到自己的工作，可是做不到。

切入

艾尔莎已完全投入到自己的工作中。她的周围摆着一些书，正做着笔记。

贝比的声音（画外音）_ 那是个可以理解的错误……

艾尔莎（抬头看）_ 什么？

切入

贝比和艾尔莎。

贝比_ T和V听上去太像了,我不希望你觉得可笑。

艾尔莎_ 我不觉得可笑。

她看着他,就像他似乎是个难缠的人。

贝比(努力微笑)_ 我是贝比·列维。

艾尔莎_ 那是你的问题,我相信你是可以克服的。

她继续做她的笔记。

贝比(走回隔间时嘟囔着)_ 天呐,巴尔干的菲利斯·迪勒①。

切入

艾尔莎伸伸懒腰,拿出香烟打火机,站起来,离开隔间。她刚一走,贝比就窜到她的隔间,翻她的书。它们大多数是医学著作,扉页上用钢笔整洁地写着她的名字和地址。贝比扫了一眼,拿走了书堆底部最不起眼的一本书,回到自己的隔间。他把它给收藏了。

---

① 菲利斯·迪勒(1917—2012),美国著名女演员,代表作有《日落大道》《我是喜剧演员》。

切入

夜色中的哥伦比亚大学。

贝比独自跑着,抱着一摞书。他奔跑着的时候领带飞向一边。他到达一处转角,拐弯。

切入

贝比,奔跑着,穿越秋夜。

切入

艾尔莎站在她的公寓楼门口。楼很旧,快要塌掉的样子。贝比沿着走廊小跑着奔向她。她抽着烟,他靠近时深深地吸了一口。

贝比_ 对不起,给你添麻烦了,欧宝小姐,刚才你有本书落在隔间,我正好看见了。

(把书递过去)我只是觉得它可能很重要。

艾尔莎_ 你真好。

(开始往回走)晚安。

贝比_ 晚安。你的名字和地址在里面——"艾尔莎·欧宝",还有你住的地方。我这么说是以免你好奇我是怎么找到你的,欧宝小姐。

艾尔莎_ 我不好奇。晚安。

贝比_ 晚安。

艾尔莎_ 你一直说晚安但就是不走。

贝比_ 我在路上崴脚了,我让它歇一下。

艾尔莎_ 你刚才也没一瘸一拐啊。

贝比_ 我撒谎最不在行了。

艾尔莎(好奇地)_ 你拿了我的书?(贝比点点头。)你是不是感到不安?所以你才会出汗?

贝比_ 不,因为我是跑着过来的,我跑了好远。我都快成马拉松运动员啦。

艾尔莎_ 好吧,列维先生,我希望你的努力是值得的。

贝比_ 你要是跟我约会的话就值了——你学什么的,医学?

艾尔莎_ 护理。你为什么想和我约会?

贝比_ 可能是因为你很漂亮。

艾尔莎(一丝忧伤)_ 如果我漂亮的话,那也是凑巧,我从不捯饬。

贝比_ 好啦,天呐,女士,我不知道怎么样称赞你的聪明才好。你也许真是个笨蛋——我的天,什么样的护士会抽烟啊?我就是想让你放松一下。我像鞭子一样聪明,我要学会止血带的所有知识,我们也可以谈一些真正触及灵魂的事。

艾尔莎（笑出声来）_ 好了，好了，够了，我会见你的。

然后，很奇怪地，她伸出手，摸摸他的脸蛋。

艾尔莎_ 但是不会有结果的……

切入

艾尔莎独自待在公寓。公寓很小却很别致。她在打电话，抽着烟，深深地吸着。

艾尔莎_ 他特别天真，特别甜美。

（听着）是的，埃哈德，我敢肯定他觉得我很迷人。

（停顿）我有多长时间？

（停顿）我想是可以的，是的。不出意外的话，他一周之内就会爱上我。

保持镜头——

艾尔莎挂上电话，静静地抽着烟。之前包围着她的深深忧伤挥之不去。

切入

贝比坐在公寓的桌子旁，写着一封信。我们随着一段画外音进入镜头，直到看到贝比的脸。

切入

信上的内容:

多克,先说好消息。她的名字叫艾尔莎·欧宝,和我一般大,瑞士人,护士,像格瑞斯·凯丽一样迷人。

我们看到他的脸——有点肿。这令我们有些惊讶。他显然经历了什么事。

切入

贝比和艾尔莎沿着电影院前的一条西街走下来。电影院摇摇欲坠,显然它已风光不再。天幕上标着"临时关闭"。

贝比和艾尔莎正在一家古巴餐厅用餐。窗户破了,破损处粘着塑料,啪啪作响。这儿没其他人——看上去像是个灾难现场。

贝比(画外音) 我带她去了所有我们这种漂亮人常去的别致角落。她没去过,但我都去腻了。

晚上贝比和艾尔莎在百老汇散步。一群人围着两个准备打架的醉鬼。但两个醉鬼彼此离得很远,事实上谁也打不着谁,只是重心不稳地跌跌撞撞。看客们欣赏着,没人上去阻止他们,包括一个站在旁边看着的警察。

贝比（画外音）_ 自然而然地，她从一开始就把我完全征服了——

我们看到贝比和艾尔莎这会儿到了艾尔莎公寓的门口。贝比倒是想跟她一起进门。可惜，没门儿。她使劲儿和他握了握手，进去把门关上了。他念叨着什么，好像是"妈的"，然后趿拉着独自走下楼梯。

贝比和艾尔莎站在一个巴士站旁，这里还站着其他好多人。计程车驶过，都空着。一辆豪车驶过，有人朝它扔了块石头。拥挤的巴士来了，它一开门，所有人一拥而上。

贝比和艾尔莎走近博物馆，到了入口处停了下来。这地方没开门，前面有个告示写着"周一闭馆"，后面还跟着几个字"直到周四"。如今这地方只有周末开门。

贝比和艾尔莎又来到她的公寓门口。他们又握了握手，她一个人进门了。

贝比（画外音）_ 一开始她对我的热情无动于衷，直到我意识到她追求的是我的灵魂。现在的我们，如胶似漆。

我们看到贝比和艾尔莎坐在中央公园的一块石头上。坐在那里光线实在太暗了，可他们一动不动，只是紧挨着坐着，静静地望向夜空。

下一个段落进行得很快。

艾尔莎打了个哆嗦，起身，伸展。贝比也起来了。两个陌生人出现在夜色中。其中一个是跛子，小个子。另一个是大块头。跛子走向艾尔莎，反手将她的嘴紧紧捂上，她倒下了。贝比去扶艾尔莎，大块头挡住他，把他打倒在地。贝比跌倒的时候，大块头在他上方，一拳又一拳地猛击他后背中间的部位，捶打着脊椎的底部。所有这些都很突然，令人震惊。

大块头一拳接着一拳，几乎是慢动作。一切变得像是噩梦，仿佛仍在继续，仍然是贝比记忆的一部分。

贝比（画外音）＿ 坏消息是，我们被打劫了。

大块头还在敲打着贝比。背景里，跛子把艾尔莎放倒，摸索着找钱包。

这时人物的动作更慢了，却具有可怕的冲击力。

贝比（画外音）＿ 我们在公园里待得太晚了，都是我的错。跛子和大块头来了，多克，我什么也做不了。

抢劫仍在继续。大块头正撕扯着贝比的钱包，拿上钱，把其他东西扔在一边。然后，两个抢劫犯跑掉了。

贝比努力爬向艾尔莎。他身上很疼，但他迫使自己爬动。

他们来到一个喷泉旁边。她哭着,他劝不住。他满脸是血,而且脸肿了起来。他取出一块手帕,轻轻擦拭她的脸颊。由于刚刚发生的事情,她在发抖,真的被吓坏了。

贝比(画外音)_ 我帮不了我心爱的女人。如果让我找到这两个家伙,多克,我是认真的,如果可以的话我会杀了他们。我从来不知道自己体内有那种力量。

这会儿只剩贝比一个人了,他走向他的灰石房子。波多黎加仔们像往常一样弓着腰看着。

贝比(画外音)_ 几栋建筑附近有一伙问题少年,我跑步的时候,他们总挖苦我。但这次我想或许我要赢回些尊严了,带着血什么的。你知道怎么着了?我路过时,他们看着我。他们中最聪明的一个,叫梅伦德斯的小鬼,看着我说,"嘿,坏小子,谁把你打成这样了,侏儒还是小妞儿?"

波多黎加仔们笑了起来。

贝比(画外音)_ 魔法城除了爱与恨没别的新鲜事了。

我们看到贝比在他的公寓里,写完了信。他站起来,穿过房间,像老人一样弯下腰来。他身上很疼……

切入另一个场景、紧凑拍摄

贝比凝视着镜头直到从一侧忽然亮起一串强光,嘭,嘭,嘭。他转过头,望向强光,又迅速把头转开了。

贝比_ 他们不能把那个关掉吗?

持爱尔兰口音的男人(画外音)_ 他们有任务在身,不会花很长时间的。

强光还在那儿。贝比看上去就要崩溃了。

持爱尔兰口音的男人(画外音)_ 为什么不继续说说抢劫?

贝比(眨眨眼)_ 我到底为什么要给你讲那些?

持爱尔兰口音的男人(画外音)_ 你不记得我问过最近是否发生其他案件了吗?

贝比(看着前方)_ 你认为存在某种关联吗?

(摇头)没有。都和我无关。

(更大声了)有些事你得明白,好吗——

(很大声地)我——不——知道——发生了——什么——

切入另一个场景

持枪警卫。我们知道他有枪是因为我们看到他黝黑的臂膀上端着步枪和刺刀。至于他是不是一个警卫就有点不好说了,因为他没穿制服,但戴着一条弹带,有张满是汗水的严酷脸庞。这里有虫豸低吟,让人心烦意乱,持枪者举手示意。

镜头拉远,露出

人迹罕至、布有车辙的小路。密林环绕。

前方,一辆敞篷卡车驶向警卫。一个黝黑的男人开着车,他旁边坐着一个彪悍的女人,围着一件深色披肩。

切入

持枪警卫指示卡车继续前进,我们跟随它慢慢地驶入一条长长的车道。在尽头,是一幢独栋的蓝色房子。房子很大,显然是一位有钱人的家业。但它也被密林包围着,闷热难忍,仍有虫豸低吟。

切入

黝黑的男人打开房子的侧门,让那个彪悍的女人进屋。

切入

一大堆漂亮的衬衫，质量上乘。彪悍的女人正熨着衬衣，她的披肩这会儿搭在了一把椅子上。她身后有些衬衣，已经熨好了，挂在衣架上，洁白无瑕。她在这座房子的餐厅里忙活着，餐厅的设施真是出人意料的精致。显然，有人对文明的了解非同一般。

这时摄影机开始慢慢地移动并探索这座房子。音乐奏响——布里滕的《双簧管与弦乐之幻想》。客厅充满了音乐的声音。可爱的家具，不像屋外的丛林那般原始，看上去近乎雅致，也许是法国的，大概是古董。音乐继续演奏，摄影机继续移动。

有书，好多书，各种语言的书。墙上的画作，显然出自同一画家，都有些孩子气：可爱的小人儿、动物、孩子。

窗外，小虫受困于蛛网。有些还活着的，挣扎着想要逃脱。

房间内安装着空调。我们路过那些机器的时候，它们的嗡嗡声不时干扰着音乐。

我们在哪儿？谁住在这儿？这是我们要考虑的问题。

我们继续前进，这时有金属声响起。我们离开正房进入卧室。

另一台空调——在这个原始领地之内一切似乎都完美地

运行着，至少在空调范围之内。在纽约和欧洲，一切都乱套了。不论我们现在到底在哪儿，这里的一切都有序运行。

金属声更强了。空调的下面，一份报纸随着微风轻轻摆动。我们看不清楚，但是它好像被翻到了汽车撞击油罐车的一组照片那里。

这会儿是一个画架和一幅画的半成品。这幅半成品和客厅的画属于同一风格——迷人，技巧近乎专业。画它们的，正是住在这里的人。

切入

美丽的事物，通体雪白。过了一会儿我们才意识到自己在一间浴室里，看着一个水槽，雪白的东西是头发。

金属声又持续了一会儿，更多美丽的白发飘落水槽。这时，金属声停了下来，出现了一把剪刀，被放在水槽的边上。

镜头向上方倾斜

一面镜子，里面有一张男人的脸。他可能快六十岁了，可看上去不像。他有着不可思议的双眼，特别明亮。他俯下身来，拾起一把大而直的剃刀，倚向镜子。他那明亮的双眸全神贯注，他开始刮去胡须。

切入

黝黑的司机和洗衣女要离开了,他们回到卡车。

切入

警卫站在路中间。卡车靠近时,他脸上一下子显出讶异的神情。他焦虑地敬着礼。

镜头推近

司机和围着披肩的洗衣女——那不是洗衣女。坐在那儿的是光头人,眼睛从这儿到那儿不停地闪烁着,让你觉得他不会漏看任何角落。当光头人和司机用西班牙语进行下列简单对话时,出字幕。

司机_ 我该怎么和洗衣女说啊?

光头人_ 就说我三天后会回来。她是我的贵客。

司机_ 如果她想回自己的村子呢?

光头人_ 用尽你所有的魅力。你一定要给她无微不至的照顾。

他那双不可思议的眼睛还在闪动着,看看这边,看看那边,总在变幻。

光头人_ 我45岁之后还没穿过这么干爽的衬衣呢。

卡车驶入原始丛林，行驶在布有车辙的小路上。

切入

曼哈顿的天际线，一架波音747轰鸣着准备降落。

切入

海关。机场就像灾难现场。

扬声器_ 对于行李员的罢工，我们真的很抱歉。各位，如果您能保持一直以来的耐心，问题很快就会得到解决。

谁脸上也没有丝毫耐心的迹象。度假的人们愤怒地乱转。一队德国旅客用他们的母语彼此唠叨着。

光头人在那儿，穿着商务西服，看上去似乎有些紧张。他提起包向海关走去。就在这时，他身后传来一阵爆笑。他吓了一跳，转过身，接着转回来，停下脚步，平复情绪，然后朝海关检查员走去。

切入

光头人顺利过关，慢慢走到接机大厅。他的眼睛再次闪动着，在找什么人。

切入

一群接机的人在大厅里,许多人在招手。光头人还在环顾着,没人在向他招手。他犹豫了一下,走了过去。

切入

机场大厅。

光头人走进来,把包放下。

切入

公园里打劫贝比和艾尔莎的跛子和大块头快步走向光头人。他等着他俩来到身边,大块头接过他的手提箱。

光头人_ 晚上好,埃哈德。

埃哈德,那个跛子,点点头。

这三个人遁入夜色。我们尚不清楚究竟发生了什么,显然,党羽正在集结。

切入

贝比在他的房间睡觉,不知从什么地方传来一个声音。他的眼皮颤动了一下。又是一个声音。这时贝比睁开眼,紧张地躺着不动。

切入

房间。

什么也看不清。好像有什么东西,好像还在动。

切入

贝比伸出手,悄悄从床头柜摸出手电筒,他打开手电筒。

贝比 我有枪,你再动一下,我把你的屁股轰到上海去。

切入

那个黑影掠过墙灯,我们很快地瞥见了跑步健将们的照片。突然,一张人脸暴露在灯光之下——斯库拉。

斯库拉 别杀我,贝比。

贝比从床上滚了下来,他太激动了。

贝比 哇哦,嘿,多克,妈的,太棒了。

多克(他就是斯库拉,这时笑了) 还是这么健谈,我算是见识了。

他关上门,提起一个古奇的过夜行李包和一个装着瓶子的塑料袋。

切入

多克和他是斯库拉的时候有点不一样,他的举止不太一样,更讲究了。另外,不知怎的,他好像也更瘦小了,但那或许是因为他换了装,高档的常春藤联盟。他可能正是贝比曾描述过的那样,是个艺术爱好者。他环顾着贝比撒满书籍的房间。

多克_ 你这屋子布置得可真不错。

贝比_ 还没完工呢——我那装修工太不靠谱了。

多克(从塑料袋里取出红酒瓶,仔细检查着)_ 听着,很少有装修工能胜任这么大的工程量。

(**转向他的弟弟**)天呐,贝比,你怎么能住在这么恶心的地方?

(**摇着头**)无可救药。

切入

多克在厨房开始打开一瓶红酒。贝比从房间的另一边看过来。

多克_ 这是71年的风磨①,我知道你会为它的力量感到震惊的。

贝比_ 你真的这么想吗,嗯?

他的眼皮已带着厌倦沉了下来。

多克_ 是的。一般来说,博若莱没有大多数勃艮第量大……

贝比_ ……没开玩笑吧……

这时,有一小声呼噜从他口鼻处泄出。

多克(拔起软木塞)_ 作为博若莱之王,一瓶上好的风磨有时会充满惊喜。

贝比(这时发出一大声呼噜)_ ……这很有趣……

多克(笑了)_ 你真是乡巴佬加小人。

(倒酒)来。

(递给贝比一只杯子)我为对你的狗窝妄加评价道歉。听着,这是个疯狂的世界,不管你怎么接触它,都是你的事。

(摇晃红酒,咂了一口)我刚刚读到三个加利福尼亚年轻人的故事,你是不会相信的。这帮家伙把毕生的积蓄都投进一项发明里去了……

---

① 风磨酒是博若莱著名的葡萄酒,博若莱位于南勃艮第,是法国勃艮第最大的葡萄产地。风磨酒味厚质良,颜色深浓,果香显著,外销量很大。

（想了一会儿）哦对，我想起名字来了，他们管它叫扫-嗷-帚。（贝比笑出声来。）就是长长的棍子一头绑着一把干草。这些家伙竟然说你可以用他们的扫-嗷-帚擦东西，地板什么的，只是扫扫。

贝比（喝酒）_ 无法理解。

切入

多克和贝比沉默了一阵子，他们常常使对方感到疲倦，但他们喜欢对方，非常喜欢。

多克走向古奇包，拉开拉链，把里面的东西取出来。

多克_ 听着，我收到你最新的来信和其他趣闻了，你描述了一个叫作伊姆加德①的生物，如果我可以相信你的话，她可能是世界史上第一个比安妮特·富尼切洛②还要惹人钦佩的女子。

贝比（打断）_ 你只会这么说话，对吗？

多克_ 我请你和艾塔吃饭可以吗？

---

① 伊姆加德，季羡林长篇回忆录《留德十年》中的女主人公。季羡林在留学德国时结识了美丽活泼的伊姆加德，她给予季羡林无私的帮助与陪伴，让季羡林终生难忘。

② 安妮特·富尼切洛（1942—2013），美国著名女演员，迪士尼的第一位童星。

贝比_ 只要你保证不用手指吃饭。

多克（改变语气）_ 嘿？（贝比听到了，等着。）我不太喜欢抢劫的部分。跟我一起去特区怎么样？我带你们去一个体面的地方，你知道我很在行。

贝比_ 谢了。

他的意思是"少管闲事"，多克听出来了。过了很长一段时间，他不再从包里取东西，他扫了一眼贝比堆满桌面的书。

多克_ 这些是什么东西？你写论文要用的垃圾？

贝比_ 说得太对了。

多克（突然不再开玩笑）_ 你为什么就不能面对一次现实呢？

（对着书本打了个叉）麦卡锡把爸害惨了，他成了酒鬼，还自杀了。

（指着书）这儿没有什么可以改变事实。

贝比_ 还是聊聊红酒吧，你刚才没这么烦人。

多克（犹豫着，接着快速地）_ 贝比，你觉得爸会希望你这样浪费人生吗？

贝比_ 你想让我像你一样变成个做生意的骗子吗？

切入、特写

多克。

多克（很大声）_ 我的人生已经完了,你不明白吗?

贝比看着他哥哥,惊呆了。

贝比_ 石油生意不好做?

多克_ 贝比,我是石油生意场最棒的——你知道我是怎么知道的吗?因为所有人都认为这是真的。

（再次停顿）除了我之外的每一个人。那都是历史了,这我知道,但大家迟早也会知道的。

（摸着胸口）这里再也不会有人寄居了。

贝比_ 伙计,你肯定有什么事儿。

多克（点点头）_ 你才有事儿。待在这种地方,还想要还死人清白。

（看着贝比）你好像还存着那把枪,对吗?

贝比点点头,打开底层的抽屉,把枪拿出来。多克同它保持着一段距离。

多克_ 老天爷,你留着它干吗?

贝比（拿着枪）_ 也许麦卡锡还活着,他们在华盛顿谎话连篇,你没注意到吗?

多克（摇着头）_ 我告诉你,对于一个自由和平主义人士来说,你的复仇心有点重啊。

(**指着桌子**)把它放回去,好吗?

贝比照做了。

切入

贝比窝在一把椅子上,严肃的时刻已经过去了。

贝比_ 你想要逗我,你这个混蛋,就因为刚才你叫她伊姆加德我没纠正,你就又管她叫艾塔。好吧,那也不会把我惹怒的,但她叫艾尔莎。艾尔莎。不是艾拉或伊尔莎或蕾娜或罗拉。

多克_ 对不住,我旅途劳顿有点头晕。我再也不会把奥尔加叫错了,我发誓。

贝比_ 奥尔加很接近了,但那也不对。我知道这对于一个像你这样到了十来岁才学会上厕所的人有点难,我们就先这么叫着直到你叫对吧。

多克_ 厄休拉?

贝比_ 接近了,可还是不对。不是厄休拉或维塔、维拉、维尼夏——艾尔莎!!!

多克_ 艾尔莎,艾尔莎,好啦,我记住啦!

(**看着贝比**)可你到底是谁?

他伸出酒瓶,贝比伸出酒杯。多克倒着酒。

切入

一辆计程车在卢泰西亚饭店门口停下。艾尔莎钻出来,贝比穿着西装跟在后面。他付钱时艾尔莎等着。她看上去漂亮极了,但是当她看到酒店招牌的时候,变得极度紧张。

切入

饭店内部。

多克正在嗅一个红酒木塞。他坐在一张位于饭店中央的桌子旁,穿着盛装,一件灰色的布鲁克斯兄弟款西服。贝比和艾尔莎坐下来,简单地做了介绍。贝比环顾四周,这真是个让人难忘的地方。

附近的一个桌子坐着两个男人:一个满头灰发,显然很富有;另一个年轻好多,显然很英俊。或许他俩是同性恋,但他们举手投足间并没有这样的暗示。他们安静地吃着东西。年纪大一些的男人说了些什么,我们听不到谈话的内容。年轻人没有理睬。年纪大一些的男人灌了一大口酒。这一切几乎没有引起我们的注意,只有种背景的感觉。其他的桌子都坐满了,没人看上去有一丁点贫困。

多克　我早就把酒打开了，醒醒酒。

（对贝比说）你打哈欠了，你要有大麻烦了。

（对艾尔莎说）我想咱们先喝一点儿白勃艮第，然后主要喝红酒，通常来说这儿的烤羊肉特别棒。如果可以的话，我想我们先来一份松露馅饼。

（又对贝比说）你饿了就吹个口哨，我会请一位侍者去准备你的巨无霸。

贝比笑了，艾尔莎也笑了。在这期间，饭店里的灯忽然差点儿全部熄灭。

恰好在这个时候，一个侍者跳向前，解释道——

侍者　没事没事，又是电压问题，我们正在恢复电力……

他往桌上放一根蜡烛，点燃，微笑。

侍者　……这样就浪漫多了……

我们看到整个饭店的侍者都在点蜡烛，浪漫多了。在烛光下，每个人看上去都更美了，但最美的还是艾尔莎。多克看着她，倚向贝比，专门大声地假装说悄悄话，以便让她听到。

多克　她简直就是你信里面写的那个家伙。

这是恭维，艾尔莎注意到了。多克对侍者点头示意，让他倒酒。侍者倒酒时——

多克　你们要知道，上好的夏布利①几乎是绿色的。在世界上所有的酒中，它们是最像钻石的。

他举起杯，望着她。她犹豫了一下，也举起杯。他们紧紧盯着对方看了好一阵儿。

贝比看着他们，他点点头。他们也模仿着点点头……

切入

一个华丽的王冠羊肉烤架。领班模样的人把肉片好，它看上去太棒了，都快要违法了。领班分别给艾尔莎和多克分好肉。艾尔莎吃了一口。多克看上去仍在极乐之中，艾尔莎也没有感觉不妥，而贝比就不一样了。他伸手拿起红酒给自己倒了满满一杯。

多克（对艾尔莎说）　好吃吗？

艾尔莎（点点头）　好吃，但是你千万别给我看账单。

多克（笑着，耸耸肩）　不必在意——我越来越相信只有我花出去的钱才是我自己的。

这时他用手指摩挲着她胳膊上的肌肤，只是轻轻地擦着。他在烛光中看着她的眼睛，她并没有缩回胳膊，回望

---

① 夏布利，位于法国著名勃艮第葡萄酒产区的北部，因盛产白葡萄酒，被认为是顶级干白葡萄酒的同义词。

着他。

多克_ 因为秘密在于你总是把钱花在特别的东西上，优质的商品。

他的手不停地在她的肌肤上摩挲着。他们一直望着彼此。贝比望着他俩，喝着酒，难以掩饰自己的心在痛。

多克（对着贝比笑）_ 真不是一般女孩。

贝比勉强地点点头，那就够了。多克又转向艾尔莎。这个过程中，他们不断地触碰到对方，没有言语上的挑逗，但很明显两人互相吸引。

多克_ 想家了吧？我敢说你想了。（艾尔莎点点头。）你想念的究竟是什么？人民、国家，还是滑雪？

艾尔莎_ 我想都有吧。

多克_ 我不太了解瑞士，你从哪儿来？

艾尔莎_ 一个小地方，康斯坦斯湖。

多克_ 我没听说过。

（停了下来，惊讶状）嘿，等一下，等一下……

（摇头）很不可思议吧？嗯，我在那里工作过，我是个狂热的滑雪爱好者。那是我在世界上最喜欢的地方，康斯坦斯湖，因为它离罗莎山很近，我说对了还是我说对了？

艾尔莎（点着头）_ 百分之百正确。

多克_ 想要百分之二百正确吗？

艾尔莎　好啊，怎么啦？

多克　都是我编的。那儿没有什么狂热的滑雪爱好者，康斯坦斯湖周围也没有什么罗莎山，我说对了还是我说对了？

贝比盯着多克，然后盯着艾尔莎。多克和艾尔莎不再触摸对方，而是回到了他们先前彼此间的状态，然而现在的状态比那会儿还要糟糕。

多克　我在瑞士做过太多生意了，我了解他们说话的方式。你不是瑞士人，你是哪里人？

艾尔莎　你不会猜吗？

多克　当然会，德国人。你也不是二十五岁。三十，或许三十五？

艾尔莎（竭力控制局面）　还有呢？

多克　有啊。你工作签证的有效期还有多长时间？

艾尔莎（几乎是在说悄悄话）　你为什么侮辱我？

多克　什么也不为，就是有好多外国人想跟美国人结婚，然后等这里的一切都稳定合法了，好多婚姻也就无效了。

艾尔莎　在问我是否在给贝比下圈套吗？

多克　没理由这么做。你还没告诉我真相呢，现在开始如何？

艾尔莎一把推开椅子，跑出大厅。

贝比起身，想去追艾尔莎。多克伸出一只大手，把贝比拉了回来。这时一切都安静下来、文明起来了，可就这么一下子——声音又起来了，其他食客都望着他们。

多克_ 让她走。

贝比（转身）_ 为什么，就因为你这么说了？

多克_ 你他妈说对了，你总有一天会感谢我的，都是为了你好！

贝比_ 放屁！

多克_ 我从信中可以看出来她在骗你！天啊，贝比，人们不会像那样相爱的！他们不会的！

贝比挣脱了，离开了。

多克（在他身后喊着）_ 除非别有用心……

贝比冲出酒店，不见了。

多克独自坐着。他穿着他的布鲁克斯兄弟西服依然优雅英俊，就像这场戏开始时一样。只是这时，他的眼中充满杀气。他举起一杯酒，端着，几乎是无意识地慢慢将酒晃开。

在他身后，那两个邻桌的男人显然已经在烦扰他们的事情上和解了。年纪大一些的男人举起酒杯，年轻人也拿着他的酒杯，两人的酒杯轻轻一碰。从我们的角度看过去，多克在前面，那两个人在后面很近的地方，三个人就像是坐在同一张桌子旁。

切入

贝比跑出卢泰西亚,在人行道上停下来,朝一个方向望着,然后是另一个方向。艾尔莎不见了。他看到一辆出租车,在后面追着。

切入

贝比沿着走廊跑到艾尔莎的门前,沮丧极了,哐哐砸门,停了一下,又开始敲。里面什么动静也没有。

贝比 是我——

(**没有回应**)好了,没事了——

一阵沉默。

他从钱包里取出一张纸,潦草地写下"给我打电话",把它塞到门缝里去。

艾尔莎的公寓外,贝比快步走着。他犹豫了一下,摸了摸自己的一颗前牙。他轻微地抽搐了一下,牙疼得要死。

贝比(突然吼道) 该死!

他一边咆哮一边开始狂奔,领带拍打着胸口。他挥舞着双臂,疯狂地奔跑。

切入

新建摩天楼旁的一个公共广场。

在第二层楼（确切地点位于格林威治和独立钟），有一个巨大的石台，有石桌、石凳，背后就是摩天楼。在第二层楼——建筑的主入口就在这层——还有一条长长的环形石阶通向公共广场。石阶两侧镶着一些深色的石头，形成了一个通往街道的、醒目的几何造型。

夜晚，光头人紧张地穿过广场。埃哈德和跛子坐在一张石桌旁。

光头人_ 你让斯库拉快点。

这不是个疑问句，埃哈德却点头称是。光头人嘟囔着，围着广场转。街道另一边有一大片被夷为平地的街区用以建造另一座摩天楼，只是尚未竣工。只有一些店铺还面对着广场，小而密集。

有一家店铺挂着"即将停业，全场最后折扣"的告示，但里面已经空了，被废弃了。其余几家店铺被栅栏重重包围，光头人望着它们。

光头人（比画着）_ 富饶之地。

（**迈着步子**）他们总是确信上帝站在他们那边。我想他们现在可没那么乐观了。

他继续紧张而愤懑地踱步，四下一片荒芜。一切都静止了。光头人一直走着，脚步声在夜空回荡。他转过身，停下来。这时，脚步声仍在继续，不断靠近。

光头人快步迈上几何阶梯。脚步声很响。

斯库拉出现了，走了上来，穿着在卢泰西亚用餐时的衣服。

跛子站起来了，他害怕了，向后挪了几步。

光头人径直走向斯库拉，他们一声招呼也没打，直接进入主题。

光头人_ 你玩我呢，让我等了这么久，我可不是好惹的。你的行为，我可以告诉你，非常让人恼火！

斯库拉_ 你别自己先捣鬼，然后对我的行为指手画脚。

光头人_ 我什么也没干！

斯库拉_ 你雇陈来杀我。

光头人_ 没这回事儿！

斯库拉_ 别骗人啦，我不会为那件事怨你的。

（大声地）可我他妈的要怪你把我弟弟扯进来！

光头人_ 这没什么。

斯库拉_ 这是大忌！

（愈加生气）我们不要牵扯家里人！我们从不把家里人扯进来！

光头人_ 把它当作一个警告吧,没别的意思。

切入

斯库拉突然反手重重地扇了光头人一耳光。光头人震惊得差点大喊出来,抓住一条长凳来保持平衡,接着起身,从斯库拉身边走开。

斯库拉(低声地)_ 把它当作一个警告吧,没别的意思。

光头人摸着自己挨打的脸,都快喘不上气了。他设法重新控制局面。斯库拉走过来。埃哈德把眼睛睁得老大,傻乎乎地看着。

光头人_ ……你想……你想打架,是吗?你想用拳头废了我吗?

斯库拉_ 嗯……是的……

光头人(爆发了)_ 那——不——会——发——生——的——

(轻声些)我够老练,够聪明,不会加入这场注定失败的决斗的。但是我们必须谈谈。彼此信任地谈谈。我可以相信你吗?

斯库拉(简洁地)_ 不。

光头人_ 是真的吗,还是你又在要我?

斯库拉＿　我知道你为什么在这儿，你迟早要去那个银行的……

光头人＿　我很可能已经去过银行了。

斯库拉＿　你如果去过的话，就不会来见我了。

光头人＿　你还知道些什么？

斯库拉＿　你害怕从银行出来以后被抢。

光头人＿　谁会这么做呢？

斯库拉＿　很明显你以为我会做。

光头人＿　我想对了还是想错了？我可以相信你吗？

斯库拉＿　绝不可以，你只要——

或许斯库拉本想继续说下去，他的音调也暗示了这一点。可是他没有说下去，因为出乎我们意料的是光头人的刀子已开始在斯库拉体内搅动。那是个模样奇怪的武器，刀尖尖的，像个注射器。刀刃锋利，但几乎呈三角形。刀子深深地插入斯库拉的腹部，只留刀柄在外面。

切入

光头人这时用上了两只手，把刀子向上挑，盯着它在斯库拉体内的游走。

切入

斯库拉只能喘着粗气,表情震惊,双手无力地垂落在身体两侧。

切入

为了达到更好的杠杆作用和更大的力道,光头人岔开双腿,在沉默中继续进行着他的杀戮行动。

切入

斯库拉开始吐血,翻着白眼。

切入

埃哈德咬着自己的手掌边缘,一声不吭地盯着。

切入

光头人继续进行着他的暴行,斯库拉简直要被撕成两半了。

切入

斯库拉开始倒下。

切入

光头人熟练地拔出小刀,在斯库拉滑落的瞬间走到一边。

切入

斯库拉一动不动,他平躺着,鲜血从身体两侧汩汩地流出,双臂伸展着。

切入

光头人盯着受害者看了一阵儿。他给埃哈德打了一个手势,他俩半走半跑地冲向楼梯,朝四周看了看。埃哈德还没从刚刚发生的事情中缓过神来,光头人也不是那么平静。他们迈下几何阶梯,消失在黑暗之中。不久,就只剩下台阶了。

切入

斯库拉躺在那里,血流得更厉害了。

切入

斯库拉的大手。一根手指慢慢地、虚弱地开始移动……

切入

贝比独自一个人在房间里，他脱下了西服和领带，白衬衣没脱，像个疯子一样走来走去。他绕着电话转啊转啊，我们可以看到他身后的物品：运动员们的照片，勃艮第酒瓶。我们间或听到老房子发出咯吱咯吱的声音，但是我们的注意力，还有他的，主要在电话上。电话响了，第一阵铃声还没结束他就接了起来。

贝比（爆发了） 当它没发生过——什么也没发生——
艾尔莎（画外音） 他一直没问我爱不爱你——
贝比 当——它——没——发——生——过——
艾尔莎（画外音）（大声地） 但是它已经发生了！

切入

艾尔莎独自在房间里，她坐在床上，抽着烟，疲倦而不安。

艾尔莎（轻柔一些） 如果我们不管不顾，情况只会更糟。

（**深吸一口烟，说得很快**）我谎报年龄是因为我是女人，大家允许我们那么做。我谎称自己是瑞士人是因为希特勒死的时候我还是个孩子，可许多犹太人还是认为所有德国人都参与了闪电战的策动。

贝比（画外音）_ 我不那样想，所以——

艾尔莎_ 还有呢，我结过婚后来又离了，他没问我，但这是真的。我对他笑，允许他摸我是因为这很重要，他是你哥，他得喜欢我——

（又吸足了一口烟）你因为我结过婚而犯难了，你的沉默告诉我了。

切入

贝比的确有点犯难。

贝比_ 我干吗要犯难呢？你当时只是个孩子，而他就是个大学运动员。你只是，实际上只是一个婴儿，你一开始没意识到他是个笨蛋，当你意识到了，你结束了这一切，对吗？他是什么，可能是个铅球运动员，你们德国人很擅长重力项目，我们明天能见面吗？（在她答复之前）嘿，艾尔莎，如果你是德国人，你能用德语咕哝吗？我是说，美国的铅球傻帽推铅球时说"哎哟"，你们德国人是说"哦"还是什么？（他把她逗笑了。）明天见？

切入

艾尔莎放声大笑。

艾尔莎_ 明天见。

她随之挂上电话。

切入

艾尔莎的床。她躺回去时还在笑着,但她的双眼突然充盈着泪水。她在流泪,这出乎我们的意料,也出乎她的。这时她哭了起来,呜咽的声音巨大、刺耳、哀伤,她失控了。

切入

贝比开心地站在电话旁。他又开始踱步,不时敲一下天花板以示胜利,直到多克的声音响起才停下来。

多克(画外音)(轻轻地)_ ……贝比……

切入、特写

贝比所有的胜利感都从他脸上消失不见。

切入

多克在门口,双臂交叉在腹前。

多克(最后一声惨叫)_ 贝比!!!

他试着向前迈了一两步,向他的弟弟伸出手,可是他的肠子滚了出来。

切入

贝比穿过房间闪了过来,多克开始倒下。贝比抓住了他,扶着他,将他轻轻放倒。他俩都倒在地板上,浑身是血。血一直流,贝比摇着哥哥,就像抱着一个想要睡觉的孩子。

保持镜头,镜头拉远

我们俯视着他们,贝比继续摇着,深深俯下身子。多克可能想要说些悄悄话,也可能没有,我们无从知晓。多克应该真的死了,他的眼睛却没合上,但也没有一直睁着。他向上看着不停地摇着他的贝比。血继续淌着,但是血不重要了,你总能得到更多的血,而兄弟难觅……

切入

贝比像先前那样坐着,只是闪光灯闪过之后出现一阵骚乱,他转身去看……

摄影机第一次以缓慢的移动摄入一切

我们在贝比的房间里。同他说话的人是一名身着制服的警察,拿着一个小记录板和铅笔。多克的尸体被床单盖着。

一位长官夺门而入。我们在欧洲见过他,他进来了,显得严肃、高效,就是那种危难降临时你想要依靠的人。这么说吧,他浑身散发着英雄气概。

长官走向多克的尸体,跪下,把床单半拉下来,静静地俯视。仅仅是多克的脸他就端详了好一阵子。他们曾一起工作,真是伤感的时刻。

有几个警察站在一旁,还有一个显然跟他们不是一起的人,一个平头的年轻人。他向长官走过来,俯身轻声地说着什么。

平头＿　不管是谁干的,那人一定是伏击了他,长官。

长官＿　那么,也许他认识他们。

他重新盖上床单,站起来,指指警察。

长官＿　他们都可以走了。

平头(点点头)＿　我来叫救护车。

贝比坐在那里看着一切——不管发生了什么，他一点头绪也没有。带有爱尔兰口音的警察起身，走向长官。

警察_ 那我们走了。

长官点点头，投以微笑。他的笑非凡、迅速而耀眼。他凝视着贝比，贝比身上还浸着哥哥的血。长官犹豫了——时机不对，那孩子看上去受刺激了。他低头看看床单下的尸体，接着走向贝比，轻声告诉他，警察走了，只剩他们两个人。

长官_ 对不起打扰了，我知道你和你哥哥有多亲……

贝比（突然爆发）_ 你知道，啊？你知道的，对吗？你他妈怎么什么都知道？！！

长官_ 我只是想让事情简单一些，对不起。我们开始吧。

（**伸出右手**）我的名字叫彼得·詹韦，但朋友们都叫我"珍妮"。

贝比没有握手。詹韦叹了口气，环顾着房间，看到了多克的红酒瓶。

他走向红酒时，平头快步走回房间，后面跟着两个穿医院白大褂的人抬着一个担架。

他们走向多克被盖着的尸体，将其转移到担架上。他们的一旁是椅子上的贝比，另一旁是房间另一侧的詹韦和酒瓶。平头看着詹韦。过了一会儿,詹韦点点头。

切入

多克的身体起来了。当然他是被抬起来了,但我们看不到救护人员,只看到多克被抬起时裹着他的床单。

切入

贝比坐在椅子上,沉默地望着多克。

切入

多克的尸体这时开始慢慢地移动。

切入

詹韦从后方盯着多克的尸体。他全神贯注地盯着。终于他迫使自己将注意力转向那瓶勃艮第,他试图把它打开。可他放弃了,再次回望尸体。

切入

沉默中的贝比精疲力尽,他看着哥哥离开。

切入

多克的尸体这会儿来到门口。

詹韦愤愤地拔着瓶塞,将它从瓶颈中抽出。

切入

多克的尸体,离开了……

切入

贝比看着这一切。平头关上了身后的门。多克走了,又剩下贝比和詹韦了。詹韦拿来酒瓶和两只杯子,朝贝比走了过来。他停下来,往地上看了看。破地毯上有一片深色的印痕。多克的血迹。

詹韦＿ 我在寻找作案动机。

他挨着贝比坐了下来,倒上酒。

詹韦＿ 我和你一样急于找出凶手,相信我。

贝比＿ 胡扯——多克是我哥,实际上就是我的爸爸,他把我带大。可我从没听过你的名字,所以我可能会比你更急一些,你同意不?

詹韦(停了一下)＿ 啊,那当然了。(他喝了一口。)我觉得这可能跟政治有关,考虑到你哥的所作所为。当然,还有你父亲。

贝比 我父亲怎么了?

詹韦 他是H·V·列维,老天爷呀——

贝比 他是清白的——

(**激昂地**)我父亲是一位伟大的自由主义历史学家,华盛顿的民主党需要他,所以麦卡锡出击的时候他在那儿。麦卡锡是个纳粹,狗日的纳粹,他没有一项指控是合法的,但是他还是用他针对共产主义的猎巫行动毁了无辜的人。他毁了我父亲,闹他的笑话,杀掉了他的自我和尊严,但一切都会好起来的。一旦我的论文得到出版——你们就会看到,你们每一个该死的都会看到——我将用真相还我父亲清白。

詹韦看了贝比一会儿。

詹韦(**轻柔地**) 我希望你一切顺利,贝比。

(**品着酒**)但我还在寻找作案动机。从今晚开始,告诉我所有的事跟所有的细节。

贝比 好吧。我在家。我哥死了。你来了。

詹韦 完了?

贝比(**点点头**) 我是细节高手。

詹韦 你的意思是想先让我来做些解释,是吗?

贝比又点点头。詹韦站起来,摇晃着酒,嗅着。

詹韦 多克恐怕不是做石油生意的。

贝比_ 你不说废话不能活,是吗?

詹韦_ 好了,你听我说——多克住在华盛顿。华盛顿是什么的中心?

贝比_ 政府。

詹韦_ 没错。你知不知道政府的每一个部门有多么讨厌对方?陆军讨厌海军,他俩都讨厌空军。我们这块也是:FBI讨厌CIA,他俩都不待见特务部——口角抱怨不断,你触到他们权力边界的时候抱怨声最大。这些边界之间都是裂缝。(他喝了点酒。)我们生活在裂缝之中。

贝比犹豫了——这听上去可不像废话。

贝比_ 你……是谁?

詹韦_ 我就是部门里的人。

贝比_ 你们是做什么的?

詹韦_ 补给。

贝比_ 补给什么?

詹韦_ 什么都补给。

贝比_ 有点模糊。

詹韦_ 是啊,可不是么。

贝比_ 你在说"什么都补给"的时候,你的意思不是"什么都补给"……我是说,不包括坏事。

切入

角落里放着多克的手提箱。詹韦向它走去,把它放在贝比的桌子上,打开。接下来,他把多克的衣物装了起来。

詹韦_ 你知道斯库拉是谁吗?

贝比_ 当然,但斯库拉不是"谁",斯库拉是"什么",一块大石头。

詹韦_ 斯库拉是你哥的代号,他不只是个补给人员,他还是最棒的补给人员。他只喝"伤痕",只有和你在一起的时候才总喝葡萄酒。没有一样武器是他不精通的,只有和你在一起的时候他才总假装害怕BB手枪。我们……

(**犹豫着**)……多年来都很亲近,相信我,我知道自己在说什么。

詹韦看了贝比一会儿,然后揉揉眼睛。

詹韦_ 喏,我怀疑我们是否仍处于各自的最佳状态,我们明天再继续,好吗?(贝比同意了。)就最后一件事——显然多克最后是不顾一切地到这儿来的。你记不记得他说了些什么?

贝比_ 没什么——就叫了两次我的名字,没了。

詹韦(**装好衣物**)_ 至于你的安全问题……

贝比_ 我的什么?

詹韦（*背对着贝比*） 我只是猜想杀死多克的人可能也想找你谈谈。

（*停顿*）你听到没？

贝比喝完酒，又给自己倒了一杯。詹韦转过身来，看着他。

詹韦 如果事情不是到了紧要关头，没人会冒险杀害斯库拉的。他们肯定假设他知道什么事。既然他在城里的时候住在这儿，既然他死在这儿，他们同样可能会认为你也知道点什么。大家都知道，人临死前会说些奇怪的话。

贝比 但我啥也不知道。

詹韦 他们怎么知道你不知道？（贝比不吭气了。）我就待在公园对面的……

贝比（*呆住了*） 你要把我丢在这儿？

詹韦（*平静地*） 我想尽可能利用你来诱敌。

（*看着贝比*）你反对吗？

贝比 我没那么彪悍，能一个人留在这儿。

詹韦（*打断贝比*） 没人说你是一个人。你目前正在受到监控，两个纽约的便衣警察会轮流观察建筑周围的情况，他们会一直守到天亮。到时候我会派四个得力干将接替他们。今晚好好睡一觉，我们明天再详聊。

贝比（*看了一眼放枪的抽屉*） 你觉得他们今晚会

来吗?

詹韦 不会。我倒是希望他们会来。不管是谁我都特别希望他们能来。

他一口干掉勃艮第。

贝比 那你干吗不带上我呀?

切入、特写

詹韦承受着巨大的压力。

詹韦 我可以带上你。但假如他们正在监视你,他们就不会暴露自己了。我要是跟你待在这儿,假如他们正在监视,他们会看到我进来了,也就不会暴露自己了。你要是想让我把你藏在特区,我会把你藏起来直到这一切全部结束。

(**情绪激动地**)你想怎么办,我照办。你要是有更好的想法,告诉我,随你的便,求你了,天呐,告诉我。

切入

对于贝比而言,这可是个重大决定。他盯着放枪的抽屉,正要说话,却停了下来。他看到了些什么,这时……

切入

多克之血，血迹未干。

切入

贝比凝神望着多克的血，再看看抽屉，接着又看了一眼血迹。他现在做好决定了。

贝比 你有诱饵了，詹韦先生……

保持二人的镜头。

切入

贝比躺在浴缸里。他的睡衣被丢在一个衣钩上。门半敞着。

贝比一动不动地躺在水里，盯着墙。他双眼迷离，有时眨眨眼。老旧的建筑吱吱作响。他睁开眼，过了一会儿又闭上了。闭上眼睛，他便听到父亲的声音，从记忆深处传来："一直跑，贝比……"

这时我们看到一系列影像，从我们先前见过的一段开始：贝比还是个孩子，他正跑着，他的爸爸伸出双臂。现在是多克，笑着往杯子里倒上红酒，摇晃、深深嗅着、研究它的色泽。又是多克，搂着贝比走进一家豪华的饭店，说道：

"你可以拥有你想要的一切,都是你应得的,为石油生意感谢上帝……"房子又吱吱作响。

贝比睁开眼。这次的吱吱声听起来不太一样,或许更像是敲击。他向外面的房间看了一眼——或许看上去要黑一些,就像一盏灯被关掉了。接着又响了一下,或许只是幻觉。贝比能看到底层抽屉放着枪的柜子。

他再次闭上眼睛。突然麦卡锡手舞足蹈,贝比的父亲设法举手,发表观点,可麦卡锡不停地说着,说着……这时我们看到贝比在看一期电视节目。他得意地喊道:"多克——爸爸上电视啦。"

浴缸里的贝比摇着头,驱赶忧伤的回忆。也有很多不那么忧伤的往事,他再一次沉浸在回忆之中。我们看到多克笑着,贝比钻进爸爸的怀抱,爸爸抱起他将他抛向半空,贝比开心地叫着,他爸爸笑着,多克也笑着。这次的回忆满满的都是欢乐。

贝比躺在浴缸里。他伸手去够一块香皂,停下来,轻声说道——

贝比 ……天呐,我是他们当中唯一一个还活着的……

回应他的是他所能想象的最可怕的事情之一——有人正在门后的房间里说着悄悄话。虽然看不到,但是,这不是想象。突然……

切入

浴室的门。贝比跳出浴缸,把门砰地关上,上锁。

切入

贝比站在门后,喘着粗气,睁大眼睛。

切入

门。这时外面传来一声不一样的声音。"咔嗒",停顿,接着又一下,"咔嗒"。

切入

贝比穿着睡裤,正在穿睡衣。他站在门口,耳朵抵着门听着。可什么声音也没有。你可以从他的表情看出,他正琢磨着那是真的还是由于紧张而产生的幻觉。死寂依旧。贝比松了口气。他把手伸向门锁,又收了回来。他把手伸向一本书,也收了回来。他就站在完全的静寂中,正要从紧张感里缓过神来。这时,一个新的不一样的声音开始响了起来——"沙,沙……"贝比盯着门。

切入

浴室门底部的铰链。有人开始推门并转动着门。

切入

贝比。这时门外的房间一片漆黑。但贝比极其确定的是,问题不在于他是什么时候开始洗澡的,也不再关乎"是否"有人,而是"那是谁"。

贝比(犹豫不决地) 救命。
(更大声了) 有人吗。

切入

浴室门。这时底部的铰链被拔了起来,向上滑动,滑落,门上有三个铰链,中间的铰链开始移动……

切入

贝比转身,打开浴室小隔间,找着什么,任何东西都可以。但他只找到一个电动剃须刀、一些棉签和牙膏。

切入

中间的铰链已经滑落,顶部的铰链被推了出来……

切入

贝比。

贝比(比刚才还大声) 快叫警察——

(大声地)警察!

切入

门。这时外面有个人打开了电唱机,放着舒伯特的C大调五重奏。那或许是音乐史上最美的一段室内音乐,但这会儿听上去肯定不是,因为音量一直被调高,高到破音,盖过了贝比的尖叫。最后一个铰链开始滑动……

切入

你想象不到贝比在干什么,因为他的动作和他的话风马牛不相及。他的话更像是在求助,但他却走向浴室的门。第三个铰链继续滑动时,他手握着把手。当门将被打开之时,贝比继续大喊……

贝比 救命!看在上帝的份上,谁来救救我——求你了——谁来救救我——做点什么——求你了!

他的呼救声越来越大。

切入

最后一个铰链,滑落,正在这一刻——

切入

贝比竭尽全力地把门甩开,这一下让门外的人吃了一惊。门开了,我们看到谁在那儿了,是打劫艾尔莎的跛子。贝比用肩膀把他顶开,冲向放枪的桌子。

切入

大块头从黑暗中走出来,相比之下,贝比就是个小糖果。还没等贝比够到抽屉,他就被大块头用蛮力抓住,推倒。还没等贝比站起来,大块头就上来把他举起来丢在浴室的灯光下面,音乐仍聒噪着……

切入

贝比轰然倒地,惊呆了。他想要挪动,但大块头一下子把他推进浴缸里。贝比的头浸入水中时,音乐戛然而止。

切入

大块头正把贝比按在水中,贝比尽他所能地挣扎着,他终于得以钻出水面。那一刻音乐又聒噪起来,但是他再次被按到水里面,音乐又停息了……

切入

镜头从漆黑的卧室望向亮着灯的浴室,我们只能看见大块头。不时响起一阵音乐,我们知道那意味着贝比得以喘息。但这种时刻少而短促,沉默更久一些。

切入

电唱机。这时跛子把音量调低在一个宜人的位置上。什么动静也没有了,只剩下舒伯特的华美乐章。它美得不能再美了。接着,电唱机被关上了。无声。什么也没有。

切入

无窗的房间。

贝比处于半昏迷状态,穿着睡衣,湿漉漉的。他坐在一个无窗的房间里。贝比眨着眼,想要把这地方看得更清楚些,但他被死死地绑在椅子上。这个房间看上去异常的亮。有个水槽,一张桌子,看上去都很干净。

从他身后传来一阵动静,跛子和大块头围着椅子转着。大块头捧着一沓干净的白毛巾,叠得很漂亮。

跛子（埃哈德）_ 给我。

他把毛巾放在桌子上。

切入

光头人朝椅子走了过来，手里拿着一条卷好的毛巾。他指示把灯挪得再近一点儿，跛子立马照办。光头人快速打开灯，洗着手。

光头人（悄悄地）_ 它安全吗？

贝比（对这个问题毫无准备）_ 啊？

光头人_ 它安全吗？

贝比_ 什么安全吗？

光头人（语气未曾改变，和缓而耐心地）_ 它安全吗？

贝比_ 我不知道你说的是什么。

光头人_ 它安全吗？

贝比_ 我没法儿告你它安全还是不安全，除非我知道你问的具体是什么东西。

光头人把手洗干净了，埃哈德递给他一块毛巾。

光头人_ 它安全吗？

贝比（很恼火）_ 告——诉——我——这——个——"它"——指——的——是——什么。

光头人（和刚才一样和缓地）_ 它安全吗？

贝比_ 安全，非常安全——安全到你都不敢相信了。喏，你知道了吧。

光头人_ 它安全吗？

贝比_ 不安全，它不安全。非常危险，小心点儿吧。

光头人低头盯着贝比看了一会儿。他脑子里正酝酿着一个可怕的想法。他点了一下头，就一下。他展开自己带进来的毛巾，我们看到里面的东西了：牙科器材。

切入

埃哈德把灯挪得更近一些。突然，大块头用他有力的大手把贝比的嘴掰开。

切入

光头人选了一面反光镜和一把勺状探勘器，然后向贝比俯下身子。他出了点儿汗，一言不发。跛子拿过一块毛巾，把光头人前额的汗水擦干。光头人全身心地投入了自己的工作，他格外地熟练。

切入

当光头人轻敲着贝比的牙齿的时候，贝比很是无助。光头人的手娴熟地来回移动。贝比大汗淋漓。除了呼吸声，房间里没有其他声音。光头人把圆形勺状探勘器换成一个新的工具，头是尖的。贝比汗流不止。光头人近乎悲戚地摇着头。

光头人_ 你该好好管管你的牙了，这有个严重的龋齿，它安全吗？

贝比_ 你看，我刚才告诉你了都，我跟你说……

但他的时间只够说这么多，因为光头人突然用尖头工具朝龋齿扎了上去……

切入

贝比开始尖叫，但大块头用大手撑着贝比的嘴，不让他出声。尖叫停止后，他才把手拿开。这时光头人拣起一个小瓶，打开它，在手指上倒了些液体。他把手指伸向龋齿，越来越近。

贝比_ *别——天呐，请别这样——我发誓——*

当手指触到龋齿时，贝比先是抽搐，可过了一会儿他几乎对着手指舔了起来，尽可能多地吮吸着汁液。他就像只饥饿的小狗，而光头人正在给它喂奶。

光头人看着，并没有把手指抽走。

光头人_ 不是很棒吗？小小丁香油，效果多么惊人。

他又往手指上倒了一些，平滑地涂在贝比的龋齿上。

光头人　只要我们愿意，生活可以如此简单。

（举起小瓶）好受。

（举起探针）难受。

（看着贝比）二选一。

贝比　我没法儿满足……你想要的……因为……因为……

（语气变了）……嗷不……不……

切入

探针伸向龋齿。

贝比的声音（画外音）　……我要是知道我肯定说……天呐……我不会说的……

切入

光头人两眼无神，将探针钻入牙髓。尖叫开始了，他的眼神看上去近乎悲戚。尖叫持续着、蓄积着，猛然停止。

切入

椅子上的贝比，头向前耷拉着，进入半昏迷状态，一动不动。

切入

光头人及其手下。

跛子（对光头人说）_ 您觉得他知道吗?
光头人_ 他当然知道，可是他太固执了。
（对大块头说）卡尔，带他去客房，让他恢复知觉。

切入、特写

光头人。

光头人_ 也许下次我真的该给他点儿厉害尝尝了。

切入

贝比的身体重重地砸在一个床垫上。还没等他坐起来，卡尔就把嗅盐凑到他的脸跟前。贝比咳嗽着向后倾倒。卡尔坐在床沿上。

卡尔_ 拿着!

切入

丁香油小瓶。贝比抓住小瓶,往食指上倒了一些,不顾一切地涂在他那裂开的牙齿上面。卡尔夺回小瓶,等着贝比涂好、眨眨眼、望着四周。我们在一间空荡荡的屋子里,墙上什么也没有。只有角落里的床,没了。贝比昏昏沉沉的,用药水不停地涂抹牙齿,以缓解疼痛。

切入

屋内。

贝比的视点——模糊而骇人。

贝比_ ……再来点儿……

卡尔点点头,却又对着贝比的脸施了些嗅盐而非丁香油。贝比在讶异中向后躺去,咳嗽着。对他来说,这地方还是很模糊,宛若噩梦,只是这会儿它变成幻觉了。在他迷糊的状态下,他仿佛看到詹韦悄悄地走进门来,就像印第安人一样安静。

切入

谢天谢地,是詹韦。

切入

贝比迅速转移目光,抬头盯着卡尔。

贝比_ ……行行好……好疼……

卡尔递给贝比丁香油。贝比接过来,冒险朝门口瞄了一眼。

切入

詹韦可能真是个印第安人,他在沉默中越走越近,右手攥着一把刀,又长又利。贝比在牙齿上抹着丁香油,并不抬起头来。

切入

卡尔转身,看到詹韦。他跳起来,挥起大手自卫。

切入

詹韦快速地行动着。他钻到卡尔的双臂之下,把左臂一下子抡到卡尔的喉部,打得他身子闪了半圈,同时微微用左胯顶起卡尔,接着举起那只持刀的右手。

切入

贝比躺在床上,盯着卡尔的脸。詹韦那一刀"噌"的一声正中目标。卡尔的两只眼鼓了出来,变得呆滞,发出一声悲鸣。

切入

卡尔横倒在床上,他跌落时我们可以看到他背后的刀柄:致命的一端对着心脏的位置。贝比盯着刀柄看了一小会儿。这时詹韦粗暴地抓住卡尔,将他揪起来丢到屋外。

切入

外面的大厅,这是一条像是铁路月台的长长的走廊,詹韦拖着贝比逃跑。他们走到台阶时,跛子出现在大厅的另一边,他端着一把已上好膛的手枪。詹韦站在台阶上将贝比一把推出火线……

切入

贝比在台阶上看着发生的一切。詹韦滚了一圈,也掏出手枪连续开火。从跛子所在的地方传来一声垂死的惨叫。接着,詹韦在台阶上与贝比会合,两人以最快速度前进。他们来到大街上,那里漆黑一片,浓浓的黑夜让贝比迟疑了一下。但没什么可以阻挡詹韦，他拖着贝比说"该死的快点儿"。他们来到詹韦的汽车旁，詹韦一把把门拉开，将贝比推进后座。

詹韦_ 进去坐下别动——

詹韦跳上车，把门砸上，打着了车。

切入

詹韦驾车驶离，轮胎火花四溢。
街道萧瑟荒芜。此地是西街五十来号的工业区。

切入

车内。
詹韦开着车，贝比窝在后座的地上，在视线之外。

詹韦_ 好啦，都开始连贯起来了——那个大家伙是弗朗茨·卡尔，一个人渣。我打中的那个家伙是彼得·埃哈德，有过之无不及。他们住在那栋房子里，他俩是兄弟，都为克里斯汀·塞尔卖命。

贝比_ 谁？

车子急转弯，用两个轮子漂移。

詹韦_ 塞尔，天呐——他曾在奥斯维辛开办实验场。他可能是人们最想抓捕的仍活着的纳粹，他还活着是因为他比任何人都要狡猾。他就是众所周知的白鹰，因为他有一头不可思议的美丽白发。

切入

詹韦的车在暗夜中穿梭，驶入另一个弯道，轮胎开始尖叫——

切入

车内。

詹韦说，奥斯维辛有传言说如果你付给塞尔足够的钱，他就可以安排越狱。他的确放走一些犹太人，让故事看起来像真的。塞尔先是以自然的方式索取黄金，接着就索要钻石。用钻石换自由，这就是他的交易。他预见末日，并把他爸送到美国。那老头住这儿，它们都住这儿。

贝比_ 谁们？

詹韦_ 塞尔的钻石。他只留着够去南美花的一部分。他把财产放在美国是因为他要是哪天被抓到了，钻石也会很安全，这样他就可以用钱打通关节。他需要钱的时候，他老爹就从银行金库取点钻石，埃哈德把它们带到华盛顿，他们从那儿去伦敦找一个以高价出售钻石的古董商。钱到手后，再由一个信使把钱拿给身在巴拉圭的塞尔。一切都运行有序，直到塞尔的父亲在一场车祸中丧生。只有另一个人可以进入金库，那人就是塞尔。我想他这会儿在巴拉圭，正盘算着自己来美国是否安全呢。

贝比_ 刚才，你说他先是"以自然的方式"索取黄金。怎么个自然法儿？

詹韦_ 他把犹太人的金牙敲下来之后融掉——塞尔是个牙医。

贝比（这时抬起头）_ 他不会来美国了，詹韦先生，他已经到这儿了。差点杀掉我的人就是个牙医。

切入

詹韦愈加紧张。

詹韦_ 趴回去（贝比照做），继续说。

贝比_ 他只是一直问，"它安全吗，它安全吗"，一遍又一遍——

詹韦_ 他有白头发吗？

贝比_ 没啊，他是个光头，可是——

詹韦（打断贝比）_ 可是那什么都说明不了，他可能已经剃掉了。

（急踩油门）他来了——那混蛋来了。他还不敢轻举妄动，因为他一旦把钻石从银行取出来，谁都可以抢他。他不太方便报警解释。

贝比_ 他干吗缠着我？

詹韦_ 因为多克就是那个把钻石带到伦敦的人，塞尔肯定以为他临死前对你说了些什么——

詹韦开得更快了。轮胎再次尖叫。

贝比_ 多克为塞尔做事？

詹韦_ 我们和塞尔合作是因为他出卖其他纳粹，所以要对他发起突击搜捕的时候，他总能事先得到通报。别试图把这事儿道德化，这是不得已的。有件事儿你必须要做，贝比。为了我。

贝比_ 说吧。

詹韦_ 别再护着你哥了！不管怎么说，他撑了那么久来见你，肯定有什么原因。现在看在上帝的份上，他跟你说了什么？！

切入、特写
贝比。

贝比_ 啥也没说——

切入、特写

詹韦。

詹韦_ 妈的!

他猛踩刹车。

切入

埃哈德和卡尔没死。我们看到他们出现时,他们正在建筑的暗影中等待。我们回到了出发的地点,车停了,他们走了过来。

詹韦_ 我没能叫他说出来,现在他是塞尔的了。

贝比露出脑袋,他看到了他们,在他们抓到他之前他大喊道——

贝比_ 你把他俩杀了——

埃哈德和卡尔从车里把他拽出来。詹韦在黑暗中看着。他帅气的脸上什么也没有,没有任何表情。

切入

贝比回到椅子上,埃哈德和卡尔把他捆好。他们迅速离开时,詹韦看着这孩子。

贝比(悄悄地) 你们是好朋友,不是吗,你和多克。

詹韦 我们从未像他想象或希望的那么好,我们这么说吧——

(**这时笑容回来了**)该你了。

最后一句是对进来的塞尔讲的。他带着一条卷好的毛巾。

詹韦离开了,只剩下贝比和塞尔。塞尔把毛巾放在椅子旁边,展开它,里面放着锋利的牙科器材。然后他转过身,一丝不苟地把手洗来洗去。贝比用双眼注视着那些锋利的器材。他的呼吸开始以最细微的频率加快了速度。

塞尔 那么你是斯库拉的弟弟。(贝比什么也没说,塞尔继续洗着手。)你想知道自己是怎么上当的吗?枪是空的,刀刃是可伸缩的。几乎不是原创啦,但挺有效,你难道不同意吗?

贝比还是什么也没说。塞尔拿起一块毛巾,仔细地把手擦干。他坐在贝比身旁,露出宽慰的笑容。塞尔的举止没有显示出一丁点儿让人不快的感觉,但贝比的恐惧却可以让我们感同身受。我们看到，恐惧在生长。如果可以描述的话，塞尔这会儿就像一个父亲，（对孩子）充满了兴趣、温柔与关怀。

塞尔 _ 他们告诉我你还是个学生……很有才，是吗？

他取了一块毛巾，把贝比前额的汗水擦干。

塞尔 _ 这儿的通风太差了，很抱歉。

（看着贝比）你是一个历史学家，而我是历史的一部分。我以为你会对我感兴趣的，可是坦白地说，我对你的沉默感到很失望。

说着，他瞥了器材一眼，就在他这么做的当口……

贝比 _ 你口音为什么这么弱？德语口音是很难丢掉的。

塞尔（笑着） _ 我小时候得过失读症，得了这种病——

贝比 _ 得了这种病，你看不懂书面语。

塞尔（印象深刻） _ 满分。无论如何，我写的字也很幼稚，但我对口语、口音和韵律很着迷。

贝比的恐惧不断生长着，尽管塞尔的语气没有一点儿恶意。

塞尔 _ 我羡慕你还拥有校园时光——好好享受吧，那是你生命中最后一段没人想要从你那里得到什么的时光。

（勒紧皮带）更舒适了？

贝比 _ 你之前可没对我的舒适度这么感兴趣。

塞尔 _ 是我不好，但我必须确认一下你知道些什么。

你知道，我非常肯定你哥计划在我带着钻石离开银行时劫持我。

他点了一支烟，递过去让贝比抽一口。

贝比 我不抽烟。

塞尔 到了我这个年纪，就无所谓了。（他把一只手搭在贝比的肩膀上，几乎是一种亲人间的触摸方式。）我嫉妒你拥有女人。我曾经，别笑啊，很英俊。女人——哦，贝比，她们有时会在我身边扎堆儿，我会挑最美的那个。我依然相信一颗年轻的心是上帝最伟大的创造。

（看着贝比，笑着）斯库拉曾计划抢劫，是不是？

贝比 我——我什么也不知道啊——

塞尔点点头，弯下身子，打开一个箱子，拎出一卷长电线，开始把它解开。这时贝比的恐慌已经到了疯狂的地步。

贝比 那是……干吗的？

塞尔（平静地） 你知道钻石值多少钱吗？我不知道。哦，我以前知道，但从今天的行情来看，我有多有钱或者我是否有钱，我一点儿概念也没有。

他把电线塞进一个插口，回到箱子旁，捻出一个看上去像是个钉子的东西。（事实上，这是一颗钻石，可我们这会儿还不知道呢。）

塞尔 明天，我得去珠宝中心学点儿知识了，那样我就更有能力为我的财宝估价了。

他在灯光下看着钉子。

贝比_ 你要干吗?

塞尔_ 那得看你了。和以前一样,因为你哥是个出色的信使,所以我很乐意付钱给他,但钱总是不多。现在我们的总量飙升了,我需要知道他打算要抢我吗?如果是的话,他是一个人吗?如果不是,还有其他什么人?最后一点,既然他死了,计划也随之终止吗?快点儿跟我说。

贝比(挣扎着)_ 天呐,我要是知道就跟你说了——

塞尔_ 你哥极其顽强——顽强是一种遗传性特征。他在你怀里死去,他跑那么大老远去见你,总得有什么原因,你得告诉我。

贝比_ 我——什——么——也——不——知——道——

贝比是那么的狼狈而惊慌,塞尔跪在箱子旁。

塞尔_ 你真的该好好管管你的牙了。

(安慰道)哦,别担心,我不会再碰你那颗龋齿了,那儿的神经已经要坏死了,一根新鲜的神经绝对更加敏感。

贝比_ 你不是要剔出一根神经吧?

塞尔(点点头)_ 一根活的神经,是的。我只是要把一颗健康的牙齿钻透直抵牙髓——神经纤维的位置。

说着他提出来一把便携式手持电钻,把钻石插进去,打开手钻,关上,打开,关上……

塞尔（呼叫） 卡尔!

卡尔立马进来,走到他先前的位置。

塞尔 咱俩都是知识分子,所以我们都很熟悉中世纪的铁娘子和二十世纪的睾丸休克,但它们并不令人满意。你知道,人们没有将它们继续开发。但是一旦我们够着牙髓,好了,你待会儿就知道了。

他打开电钻,对卡尔点点头。

切入

卡尔使尽浑身解数摁住贝比,贝比动弹不得。

切入

塞尔把注意力集中在自己的工作上,用钻头钻进贝比口腔上部的前牙。

切入、特写

电钻。

切入

贝比茫然地望着天花板,但他却经受着煎熬。

切入

塞尔工作着,接着他把手钻关上。

塞尔(对贝比说) 你很顽强。好多人早就要垂死挣扎了。

(对卡尔说) 让他歇会儿——我们到了牙髓了。

卡尔松开了一会儿,塞尔玩着电钻,发出断断续续的噪音,打开,关上,再打开。这次他把电钻开着……

切入

卡尔按着贝比,贝比试着蠕动却动弹不得。塞尔开始工作……

切入

詹韦和埃哈德在大厅踱着步,抽着烟,没有说话。贝比开始尖叫,他们继续默默踱着步。

切入、特写

卡尔的脸扭曲了,因为正在发生的事情太可怕了。他从来没有碰到过这样的事,甚至开始感到不安。

切入

塞尔那富有同情心的双眼温和如故。过了一会儿,他关掉手钻。

切入

贝比遭受着折磨,但是他没有叫唤。他的头耷拉着。塞尔看着。

塞尔_ 好吗?

贝比_ 怎么……你怎么能……做出……

塞尔_ 我是不是该告诉你一个犹太老人的答案?他说"对他们来说,我们是不一样的"。

贝比_ ……杀了我吧……

塞尔(总是温柔和蔼地)_ 一个犹太人想死的时候他不能死,只有我们想让他死的时候他才能死。

卡尔把贝比的头向后按。

切入

从贝比的视点看天花板,两个声音响了起来,一个来自电钻,另一个痛苦的声音来自贝比的喉咙。电钻持续钻动,可是过了一会儿,贝比的声音开始减弱,这时天花板开始变得不那么清晰了。电钻的声音一直响着。这会儿贝比几乎不出声了。天花板更加模糊了。

切入

塞尔那不可思议的眼睛的特写。它们看上去如此富有同情心。但是电钻的声音继续响着。

切入

天花板暗了下去、亮了起来、又暗了下去。我们知道贝比开始进入暂时性的昏厥了。贝比再也发不出任何声响了。

切入

詹韦和埃哈德在门外听着。只有电钻的声音。电钻声未曾停止。接下来……寂静。再也没有电钻的声音了。然后塞尔的声音喊着"埃哈德"。他们夺门而入。

切入

塞尔。

塞尔 他什么也不知道——他要是知道他早就说了。除掉他。

埃哈德和卡尔解开在椅子上无法动弹、处于无意识状态的贝比。

卡尔_ 您是说杀了他?

埃哈德_ 您想怎么杀他?

塞尔_ 我不在的时候把事儿做对一次吧!

他疾风暴雨般地走出房间,指示詹韦跟上。

切入

通往街道的阶梯。这次不是詹韦带着贝比避难,而是卡尔和埃哈德抬着贝比赴死。

台阶上除了他们的脚步声没别的声音了。

卡尔支配着贝比,半拽半推着把他靠向木质扶栏。贝比自己没有力气走动了,但至少他并非全然无助。埃哈德继续在前面走着,打开冲着街道的门——

卡尔带着贝比走到门外,夜晚的寒气袭来。贝比轻轻眨了眨眼,慢慢从疼痛中恢复了些意识。

卡尔_ 上我的车。

卡尔指着自己的车。他们默默地走向附近的一个街角,转弯。

黑暗。对面是一些商店,发出微弱的光,门锁着。

静寂。他们继续在暗夜中穿行。埃哈德在前面几步路的距离蹒跚地走着。卡尔拖着沉沉的贝比继续前进。贝比这会儿可以自己走动了,他踉跄了一下,又一下,努力保持平衡。

在一栋建筑的门口,什么东西突然动了一下,接着传来一声哀叹。埃哈德顺着声音转过身。卡尔继续架着贝比走着。

卡尔(指着门口)_ 没事儿,一个醉鬼。

埃哈德点点头,稍微放慢了他跛行的步伐,倒回来进入卡尔的防卫范围之内。

在他们前方:一辆车。他们走到汽车的位置,停下来。从他们身后又传来一声噩梦中酒鬼的呻吟。这次埃哈德没理睬那声音。

又安静了下来。埃哈德抬着贝比,卡尔把手伸进口袋掏出一串钥匙,仔细确认他挑出的那把是对的。

切入

突然,贝比用尽余力顶了埃哈德一下。力气不大,可埃哈德没想到,吓了一跳。他向后绊了一下,贝比开始向黑暗的街道无力地跑去。

切入

卡尔从车锁的位置抬头看着。他看到了这一幕,对埃哈德喊了声"弱智",怒气冲冲地去追贝比。

可那并非易事,因为贝比已经超了他们一小截了。这会儿是深夜,你可能会摔倒,因此至少得留点神。卡尔块头确实很大,真的很大——有着宽大的胸脯、臂膀,还有能轻松地拗断一根脖子的大手。

但是贝比可以跑起来。

或者说他只有这一次逃跑的机会。这会儿他只能虚弱地迈着步子,顽强地迫使两条腿交替着走下不堪的街道。

卡尔在后面追着,靠近了。

贝比稍微加快了速度。不是很快,微不足道,但他却召唤着自己所有的力量。过了一会儿起作用了,他甩开了卡尔一小段距离。

但这只是暂时的,卡尔又追了上来。

切入

贝比身后传来卡尔的脚步声。他的牙很疼,他饱受折磨,痛感扩散到整个面部。

快速切入

贝比的帽子——跑步帽。现在我们拉回镜头看到努尔米和比吉拉的照片。他俩都直勾勾地盯着外面。

切入

贝比直勾勾地盯着前方,接着快速切入传奇们的脸,一瞬间他们就像正在穿越时空注视着彼此。努尔米、比吉拉和贝比,死死地盯着彼此。

这时贝比加快了速度!真的加快了。我们知道他的意念里充满了什么,他仍比往常要虚弱,但卡尔怎么着也比不上一个马拉松运动员。他长着宽大的胸脯和臂膀,但不太适合远行,这一点已经开始暴露出来了。

卡尔开始有些吃力了。

贝比遥遥领先。

卡尔呼吸越来越困难了。

贝比回望了一眼,又转过身,狠狠地撞上一个从黑暗里冒出来的醉汉。贝比大叫一声,醉汉抓着他,贝比挣扎着、纠缠着,终于挣脱出来,喘着气又跑了起来,但领先地位不再。

前方是第12大道和西区公路。但还远着呢,比半个街区还要远,好远——

卡尔接近了。

贝比蹒跚着，卡尔蹒跚着，他们跑啊跑啊。

卡尔从没有离得这么近过。

一声警笛尖叫着穿透了可怕的夜晚，在前面视线之外的第12大道上。第二声，声音很大了，更大了，街道前方有一辆警车转弯朝我们的方向开过来了。灯光刺眼，警笛震耳欲聋。

卡尔犹豫了，紧张起来。

贝比奔向救命稻草，张开双臂，径直奔向前来的光芒。

这时警笛痛苦地鸣叫着。

卡尔环顾四周，停下来，犹豫不决，设法稳住呼吸。

贝比继续朝着警车飞奔而去。

然而这不是辆警车，而是辆在黑夜中疾行的救护车，它猛然转向另一条路，接着第二辆也从贝比身边驶过，又只剩夜空下的他和身后的卡尔。

卡尔开始奔跑。

贝比也从未懈怠。卡尔在黑暗中极目远望，贝比比之前跑得还要快，离卡尔还要远。卡尔在突然停下来转身之前又跑了几大步，对着夜空喊道："帮帮忙！"

切入

詹韦离开塞尔所在的房子，走向他的车。这时，救护车猛冲过去，他来到自己的车前正准备上车，突然听到卡尔的声音在夜晚的空气中回荡。詹韦可不是那种优柔寡断的人，还没等我们反应过来，他就已经移动着冲向街角。你看他的动作就明白了一件事儿，那就是——詹韦是个善于奔跑的家伙。

切入

西区公路。

空旷的路面被街灯点亮。贝比正从大约四分之一街区以外的地方跑过来，他战胜了埃哈德和卡尔。都结束了，他是赢家但他并没有减速，继续顽强地跑着。有个声音，脚步声，疯狂地跑过来了。起初贝比也没有太在意，自顾自地跑着，但是这会儿声音更大了。如果还能说什么，那就是更快了，这时贝比转身望着黑暗的街区……

切入

他身后的街区。他辨认不出什么东西，除了正在赶来的越来越快的脚步声。

切入

贝比这时也试着跑得更快些。他的牙很疼，他和疼痛抗争着。现在离第12大道和公路只有八分之一街区了，但通往那里的路似乎没有尽头。贝比再次冒险向后望了望……

切入

詹韦像只鬼魂一样冲出黑暗。

切入

詹韦只顾着将前路击成碎片,因此他含着头,摆着双臂,竭尽全力。他不会停歇,不管前路如何,都不算什么。

贝比向后瞥了一眼,看见詹韦飞奔而来,急忙转身。

快速切入

跑步帽,注视着贝比的努尔米,伟大的比吉拉——他们曾给予贝比鞭策。我们看到他跑着,那个画面又起作用了,他跑得更快了,比之前任何时候都要快,他回头看了一下……

詹韦不会停歇。不管前路如何,都不算什么。这时詹韦掏出手枪,紧紧攥在右手里。但当他举起枪,问题就来了,他跑得这么快、这么使劲儿,这武器没有用武之地,他没办法把枪持稳。他要想持稳手枪就必须放慢速度,但当他开始减速的时候,问题又来了——贝比又一次向前跑开了。詹韦举着枪,持稳,可他靠得不够近,还不行……

贝比快到街角了,他感到痛苦。如果你是个马拉松运动员,你就懂了,他把痛苦一点一点吐了出来,继续前进。

但是詹韦太快了,简直太快了,这时他和贝比之间的距离比之前任何时候都要近。

贝比到了第12大街，在跑向倾斜的公路入口前犹豫了一下子。当跑向入口时，他又开始思绪连篇，但不像之前，不像在浴缸里。这会儿快乐的家庭记忆没有任何意义，只有痛苦伴你左右。贝比看到他的父亲摇摇晃晃的，喝多了，竭力注视着，奋力前进，蹒跚着，倒下了。他又看见塞尔举着手钻俯下身来，还有多克的血，地毯上的血迹。传来了枪声，一摊血，血从床后面流出来，他父亲躺在那儿，在我们的视线之外，死了。

现在轮到最痛苦的了，垂死的多克，倒下了，在贝比的公寓里将双臂伸展。再来一遍，垂死的多克，冷酷无情地再次降临，一次又一次，可怕的画面像噩梦般重演。

切入

你从贝比的眼神可以看出，他不会输掉这场比赛，即使跑死了，他也会赢。不管詹韦怎么尝试，都不可能赶上贝比。他真的在撕破暗夜，同时詹韦的脚步声开始减弱了。

切入

詹韦在狂怒中看着贝比跑远。结束了，他输了，他尖叫着"妈的，妈的，狗娘养的"，一枪接着一枪射击，可这些子弹都没能接近目标。突然他转过身，竭力喊道："把车开过来！"

贝比继续跑着，进入下坡路，他的后上方再次传来詹韦的尖叫："把那该死的车开过来！"但是不管詹韦做什么都没用了，贝比是个马拉松健将，今夜没人能超过他。他沿着公路奔跑，身后带过城市的幻影。他还没听到汽车发动机的轰鸣就停了下来，突然回过头看。

这时，下面有辆车停了下来，车门开启后被重重地关上，又传来一阵发动机的声音，声音更大了。

贝比意识到自己被包围了。

汽车的声响仍在增大。

贝比又在那里站了一会儿，接着闪向一边，因为在公路和下城坡道之间恰好有条低矮的围栏穿过。正当汽车发动机的声音喧嚣起来时，贝比跨过围栏，快速冲向下城出口。

切入

上城入口，有一阵子什么也没有，接着卡尔的车出现了。车窗处架满了枪械，沿着公路进入我们的视线。

镜头拉远，露出

贝比独自躲在下城坡道的暗影中，他像一只动物一样蜷缩在那里。

推镜头

一名夜间门卫出现在镜头前,他的脸上显出惊讶的表情。我们知道是为什么了,因为在门外的夜色中,贝比正敲打着公寓上锁的玻璃门。他大声地呼喊,只有我们能透过厚厚的门听到他的声音。那个词是:"……比……森……塔尔……"门卫凝视着。

切入

一个有品位的、精心布置的书房。

大量的书。装帧好的印刷物。一张古老的书桌,上面摆着一个刻着画的玻璃酒瓶。我们看到房间时比森塔尔正在说话,贝比时不时发出回答的声音。

比森塔尔(画外音) 你简直一点儿逻辑也没有,列维,你还拒绝透露细节。我在不知道发生了什么的情况下怎么帮你呢?(贝比回答的声音。)那你干吗来这儿?只是要钱和衣服吗?

又一阵贝比回答的声音。我们看到他们了。比森塔尔身着印有自由牌印花的长袍,他端进来一托盘咖啡杯和一卡拉夫瓶热气腾腾的咖啡,放在长椅旁的桌子上。

贝比穿着一身差不多合身的衣服,不停地走动着。他踱步、转身、踱步,显然心烦意乱。上帝才知道他的心思飘到哪儿了。一件雨衣搭在长椅上，贝比走过去，拿起雨衣，又改变了主意。

贝比（突然地） 让我用一下您的电话？我得给我女朋友打个电话——我得逃跑——

比森塔尔 那也不符合逻辑，如果你要打电话，打给警察。（贝比摇着头。）如果你需要，我替你报警。

贝比（突然） 不！

比森塔尔 为什么不？

贝比正要讲话，却停了下来——他无法正常思考。

贝比 我不太确定……

（停顿，重新开始）我不认为……

（再次停顿）……我现在对正义不是那么感兴趣了。

比森塔尔（点点头，倒咖啡） 好。那你对什么感兴趣？

贝比正要说话，接着使劲摇头。

贝比 不知道。

他从比森塔尔那儿拿过咖啡。

切入

当热咖啡触到贝比牙齿的时候，他在突然袭来的刺痛中大叫一声。他重重地放下杯子，走向比森塔尔，大声地说话,激动地忆起痛苦往事。

贝比_ 我知道了——我他妈的确定我对什么感兴趣了,是血——

比森塔尔_ 你觉得你父亲会对这样的声明作何反应?

贝比_ 我从不了解我父亲——你了解他,这就是我来这儿的原因。你来告诉我!我想知道他会怎么说——

比森塔尔_ 冲动会背叛你——这就是他会对你说的,这会儿你最好把它记住。如果我们不依靠理智,就会引狼入室。

贝比_ 我整晚都待在那种地方!

比森塔尔_ 你看看你!听我说——逻辑是你的一切,或者我的一切,或者你父亲的一切。

贝比_ 为他带来不少好处,不是么?

他冷冷地盯着比森塔尔——

切入

贝比在夜色中跳下一辆出租车。这是第95号大道哥伦比亚大学,他的地盘。四下漆黑一片,所有的街灯都坏了有好些日子了。他悄悄地、快速地跑向自己的公寓楼,突然停在那里不动了……

切入

一辆停在贝比公寓不远处的汽车。里面坐着两个人。我们不知道是谁。

切入

贝比的心怦怦直跳,他屏住呼吸,向前挪动。

切入

随着贝比的视角慢慢移动,我们认出了那两个人,正是埃哈德和卡尔。

切入

贝比转身登上离自己最近的一栋建筑的阶梯,他静静地待在一个小门厅里,看着门铃旁边列出的名字,不时环顾着看卡尔和埃哈德是否有所行动。他按下一个门铃,接着又是一下。没有回应。第三次他用拇指一直按着门铃直到静寂突然被一个女人的西班牙语尖叫声打破。

贝比(窃窃私语) 梅伦德斯太太……我找您的儿子,您的……

（他一时想不起对应的西班牙语）……hijo……

她的尖叫声更大了。

切入

埃哈德和卡尔坐在车里，四处张望。

切入

贝比在小门厅里，紧贴着墙壁。

贝比（提高了些音量——他知道这很危险） Hijo——给我叫一下您的hijo——

但是她挂断了。贝比又按了下去，用手指摆弄着按钮，这时一个不同的声音朝他吼叫——这是梅伦德斯。

梅伦德斯（画外音） 你要是不走的话我就把你该死的手指切下来——

贝比 梅伦德斯，听着——是我——

梅伦德斯（画外音） 如果再有一次，我就带把屠刀出去，你听到没？

贝比（已经最大声了） 梅伦德斯，你听不出来我是谁啊？

梅伦德斯 你是谁？

切入

贝比犹豫了。这会儿他恨死自己了。

贝比_ 坏家伙呀。

梅伦德斯（画外音）（停顿了一下）_ 坏家伙?

咔嗒一声,门开了。

切入

梅伦德斯穿了条内裤,站在一楼。这时贝比进门,冲向他。

梅伦德斯_ 还没过你的就寝时间吗,坏家伙?

他开始笑了。

贝比_ 我不需要你的废话。

梅伦德斯（不笑了）_ 那你要什么?

贝比_ 我想让你们去洗劫我的公寓。我需要我的枪。(梅伦德斯饶有兴致地看着他。)就现在,否则免谈。你能拿多少拿多少,如果你们谁有武器的话,也带上。

梅伦德斯_ 你逗我呢吧,谁没武器啊?

(顿了顿)为什么?

贝比_ 有人跟踪我。如果我去,他们就会抓到我。可他们不那么想要跟你们胡搅蛮缠。

梅伦德斯_ 我能捞到什么好处?

贝比_ 电视、高清音响、书,你想要的一切。

梅伦德斯_ 坏处是什么?

贝比_ 坏处就是这儿很危险。

梅伦德斯(笑着)_ 这可不是坏处,这正是乐趣所在……

切入

埃哈德和卡尔坐在车里。

埃哈德突然听到一个声音,他扭过头,看见六个人迅速从梅伦德斯家的楼梯下来。埃哈德紧张地望着,卡尔倒很平静。

埃哈德_ 那是什么玩意儿?

卡尔(耸耸肩)_ 西班牙仔。

切入

我们看到那是梅伦德斯一伙儿。他们快速沿人行道走下来,悄悄走向贝比的公寓,迅速进去了。

切入

卡尔和埃哈德看着。

埃哈德（不安地） _ 他们进去了。

卡尔 _ 所以呢?

埃哈德 _ 我们不该做点儿什么吗?

卡尔 _ 为什么? 詹韦让咱们待在这儿看着。好吧,我看着呢。

埃哈德 _ 我还是觉得……

卡尔（大声地打断道） _ 也许他们就住在那栋公寓里——他们一伙儿和另外五六个人挤在一间屋子里。你想干点儿什么,干吧,自己去。

埃哈德被吓到了,什么也没说,一动不动。

切入

贝比公寓的门紧紧地关着。

拉镜头,露出

更上面一层楼梯的黑暗处,詹韦等待着。这时起了一阵骚动。楼下传来的脚步声。很快,越来越快。

切入

詹韦从阴影中走出。他握着枪,听着,感到困惑。脚步声越来越大。他倚着楼梯,向下望着。

切入

下面的景象。

这是那种你看不到谁在上楼的建筑。但脚步声还在继续增大。

切入

詹韦又退入黑暗,等着。这时脚步声非常响亮,上来了,上来了,接着那伙儿人出现了。梅伦德斯一上来就开始鼓捣贝比的门锁。

切入

詹韦纵身一跃,跳出来进入我们的视野,枪已上膛。

詹韦(他的声音从来没有如此响亮)_ 你们所有人,走开——就现在——

切入

梅伦德斯那伙儿人冲向詹韦。除了梅伦德斯,所有人都上来了。他继续撬着门锁。最后他非常非常慢地转过身来,死死盯着詹韦。

梅伦德斯 把你的屁股炸开花,狗日的。

切入

这可不是詹韦习惯的那种答复。他拿着枪犹豫了一会儿。

切入

那伙儿人也有枪,小口径手枪。贝比公寓的门开了,那伙儿人溜了进去。

他们走后,詹韦一步两级地跳下楼梯,不见了。

切入

考夫曼药房附近的区域。

天还很黑但是就要天亮了。有一队人挤在亮起灯却锁着门的商店旁——这是个面包店,他们在等面包。旧报纸掠过街道。艾尔莎的车驶入眼帘,贝比冲出考夫曼药房,上车。

他们拥抱。艾尔莎开始发动汽车,贝比打开一小瓶药液,涂在牙齿上。

贝比（看着她）_ 丁香油。

艾尔莎（好奇地）_ 治什么的？

贝比_ 牙疼。

艾尔莎（点点头）_ 放松。

贝比把头枕在她的肩头。

贝比_ 我们去哪儿？

艾尔莎_ 你说你要藏起来。你打电话的时候，说你得逃跑。

贝比_ 你找到地方了？

艾尔莎（笑着）_ 把它当成一个惊喜吧……

溶镜头

宝石般的小湖。

寂静的乡野。四周环绕着避暑别墅，都关着窗板。一条小路围着湖水。这地儿似乎完全被废弃了，几乎一片死寂。艾尔莎的车出现了，开始沿着小湖行驶。

艾尔莎_ 神不神？离城里这么近，却如此安静。（贝比点点头。）夏天的时候，这儿可没这么静——住在这里的朋友告诉我的。但是过了劳动节，这儿只有在周末才会有活动。像今天这样的日子，什么也没有。

前方是一座普通的房子，有着小而体面的门廊。艾尔莎拐进车道，停车，熄火。他们下车了。

艾尔莎 我确定是这里没错，钥匙应该在排水管里。

贝比 塞尔的？

艾尔莎（没太听清） 塞尔斯？

贝比 哦，行啦。

艾尔莎 你太累了，最好我去拿钥匙。

她开始朝房子走去。

贝比（在她身后喊道） 你为塞尔做什么？

艾尔莎 我希望钥匙就在它该在的地方。

贝比 詹韦在哪儿？

艾尔莎（这会儿到了排水管） 要是弄错了我会觉得自己是个大傻瓜。

贝比提高了音量 他们什么时候到这儿？

艾尔莎（也更大声） 这可一点儿都不好玩了啊——闭嘴——

贝比 你为他做什么？！

艾尔莎 我让你闭嘴——

贝比 没人会闭嘴，现在快他妈告诉我，他们什么时候到？

切入、特写

贝比很可怕。

切入

艾尔莎开始害怕了。

艾尔莎_ ……很快……

贝比（看着她）_ 好。

（**点点头**）这就对了。

艾尔莎_ 你怎么知道我也是其中之一？

贝比_ 我也是刚知道的。

说着，他从雨衣口袋掏出他父亲的枪。艾尔莎看见了，如果她刚才害怕了的话，这会儿就更怕了。贝比用枪指着房子。

贝比_ 谁的房子？

艾尔莎_ 这是……这是塞尔他爸的，它以某种方式让他回想起老家……

她扭头的时候，往回瞥了一眼。

沿湖窄窄的小路空无一人。

切入

贝比和艾尔莎走上门廊台阶。

贝比（指着前门）_ 开门。

艾尔莎（突然地）_ 我们还有时间,我可以带你离开这儿。

贝比_ 干吗担心我。

艾尔莎_ 我是担心自己。

贝比拿过钥匙,打开锁,推开门。屋内没有动静。他回头看看来时的路。

切入

路面上仍空无一人。

切入

门廊上的贝比和艾尔莎。

贝比_ 是什么让他们这么慢。

艾尔莎（惊恐地）_ 他们得确定没警察跟着。

贝比_ 没警察。

（看着她）天呐,你真漂亮。你是谁,塞尔的情妇?

艾尔莎_ 无所谓了，我们应该离开这儿，这才是关键。

贝比_ 太晚了。

他指着远方。

切入

沿湖小路，远方，有车。

切入

贝比和艾尔莎看着它驶来。

贝比_ 他对你来说不会有点儿老吗？

艾尔莎（盯着车，平静地）_ 我只是个信使，没别的。我从伦敦的一个古董商那儿拿上钱带去巴拉圭。

汽车缓慢行驶，这会儿更近了，看起来不慌不忙。

贝比（注视着它）_ 听起来像个诱人的工作——刺激、轻松、大把大把的旅行。

可这时他开始接近崩溃的边缘了。汽车出现的那一刻，他就开始不行了。这会儿，当它继续驶来的时候，他的神经开始背叛他。汽车继续前进，缓慢而平稳，越来越近。贝比紧紧地抓着枪，他的身体变得僵硬。当他说话时，很难保持音调的一致。

贝比_ 你的老板来了。

艾尔莎点点头。

切入

贝比在艾尔莎身后又退了几步,看着迫近的汽车。他又倒出一些丁香油,涂在牙齿上。汽车快要进入车道了。贝比呼吸困难。

贝比(对自己窃窃私语)_ ……求你了……别想太多……

切入

汽车在艾尔莎的车后面停住。

切入

贝比突然转身,丢出小瓶,把它摔向房子的侧立面。当小瓶击中墙壁——

切入

艾尔莎吓了一跳,转身,盯着破碎的玻璃。药液从房子一侧的墙上淌了下来。

切入

贝比这时深深地吸了一口气,把清晨的空气吸进了裸露的神经,疼死了。但是他不断地吸着气,唯一能听到的声音就是尖利的吸气声。

切入

汽车停了下来。卡尔下车。埃哈德下车。詹韦下车。他们关上车门。

切入

贝比惊呆了,抓着艾尔莎。

贝比_ 他在哪儿?塞尔在哪儿?
艾尔莎_ 我不知道——
詹韦的声音(画外音)_ 可爱的清晨。

切入

三个人开始漫不经心地走向门廊。

切入

贝比和艾尔莎看着他们。

艾尔莎（大喊）_ 他有枪。

詹韦_ 这年头不会太安全的,我想。

詹韦微笑着。他们三个人继续走上来。

贝比_ 不许动!

切入

詹韦立刻止步,埃哈德稍后,卡尔犹豫了一下也照做了。

切入

贝比无声地站在那儿。这时他已经崩溃了,他的思绪根本停不下来。

切入

詹韦一伙儿人看着门廊。詹韦很平静。卡尔则不是,四处张望着。

詹韦_ 我们在等待进一步的指示——我们是迈上三大步还是怎么着?

切入

贝比望着他们。

贝比_ 告诉卡尔别心烦了,警察应该不到五分钟就来啦!

艾尔莎_ 他刚才说没警察——

贝比_ 我说的可是实话哟。也许吧。

切入

詹韦一伙儿。这会儿埃哈德正四处张望。

切入

贝比看着他们。他尽量使自己的声音听上去很轻松。

贝比_ 我没戴表,谁知道确切时间?

詹韦_ 我不相信警察要来了。

贝比_ 我也不相信。(他报以詹韦一个耀眼的微笑。)当然可能是我弄错了。

切入

詹韦环顾着来时的空旷小路。他看着贝比,犹豫了。

詹韦_　好吧，你要多少钱，看在上帝的份上我们能进屋讲讲条件吗？

切入

贝比紧挨着艾尔莎站着，枪已上膛。停顿了一下之后，他点点头，开始退进屋内，拽着艾尔莎。

他们进入的是一间客厅，充满强烈的德国味道。小桌上有张褪色的男子照片——是年轻的塞尔，那时他的头发已是耀眼的白色。他看上去二十五岁左右，脸上挂着微弱的笑容，还穿着皮短裤。墙上挂着鸟类标本，还有装框的蝴蝶标本，都相当漂亮。可是，它们身上有某种东西让我们回想起塞尔南美别墅之外蛛网上被困死的虫豸。

悠长的、致命的沉默。贝比后退着直到撞进房间的一个死角。艾尔莎在他前面。詹韦走进来，然后是埃哈德，最后是卡尔，还在焦虑地向后望。

詹韦_　当然你也了解我的权力有限。
贝比_　哦，别废话了，没什么条件好讲——
詹韦_　那你干吗让我们靠近呢？

切入、特写

贝比。

贝比_ 因为现在你们都在我的射程之内了。

切入

房间。

詹韦（平静地）_ 不,我很遗憾,你可不太适合演那种角色。

贝比（对着詹韦举起枪）_ 我可是个神枪手——

然而他的声音稍微有些失控。

詹韦_ 打靶,你玩过么?一个射击论文的鬼才?这跟射击活人可不一样,跟你打碎骨头也不一样,我可不太相信你是个射击好手啊。

切入

詹韦说对了,贝比设法向房间死角更深的位置撤退。他的控制力溜掉了,离开他了,他无法阻止控制力的流逝。

切入

詹韦看着他。

詹韦_ 要是警察在的话,你就不会害怕了。
贝比_ 他们这就到。
詹韦_ 那咱们就在这儿等等他们。

贝比又将空气吸进他裸露的神经,提取并利用着痛感,无论如何都努力不让自己在此时此地屈服。

切入

詹韦看着。

詹韦_ 我们所有人都等着,我们什么也不会做的。我们会吗,埃哈德,因为我们不需要。我们需要吗,卡尔?艾尔莎,你干吗不动一动啊?我想那孩子可能需要更多喘息的空间……

(突然喊道)不!

切入

卡尔发起进攻了,他把大手伸向贝比。他几乎到那儿了,他的手指就要碰到贝比的喉咙了。

切入

贝比开火,砰的一声枪响。艾尔莎尖叫着……

切入

卡尔猛地撞上墙,脸上鲜血飞溅,倒下了。

切入

贝比从他的角落转移开来。埃哈德掏出自己的枪。贝比打出一枪,又一枪,埃哈德尖叫着,伸手捂着自己受伤的脸。

切入

詹韦滚动着,他的子弹蓄势待发,瞄准——

切入

贝比的动作很优雅,枪就像他身体的一部分一样运转自如。他开了一枪,击中詹韦的胳膊,接着一枪又一枪,发出巨大的噪音。詹韦倒下了,他的枪滑到了房间的另一端。艾尔莎跑去捡枪,她跑过贝比的侧上方,她离那儿非常近了,但行动却不够理想。贝比一肩膀把她顶到墙上,抓起詹韦的枪,死死地指着她的脸。

艾尔莎_ 不——天呐——

贝比_ 塞尔在哪儿？哪家银行？

艾尔莎_ 我不知道——

贝比_ 你这个骗人的婊子，你知道的，你快点儿告诉我——

艾尔莎_ 我告诉你你会杀了我的——

贝比_ 你他妈说对了，我要杀了你，可你还是得告诉我！！

切入

詹韦被打得够呛，但他的手还可以战斗。他推了贝比一把，你们想不到他会有那么大劲儿，看不出来，但是他继续推着贝比跨越房间。埃哈德也在动，慢慢地爬着，拖着受伤的身体去够他的枪。贝比朝埃哈德开了一枪，又朝詹韦开了一枪，发出尖利的枪声。艾尔莎尖叫着。终于，贝比倒了下来。

切入

塞尔的照片，褪色的、微微笑着的年轻的塞尔，好像有人朝它泼了一盆血。保持相框的镜头。血开始从玻璃表面滑落。这时,褪色照片里的年轻塞尔,两眼放光,继续笑着。

然后,渐渐地,溶入现在的塞尔,这会儿他头也秃了,正看着什么东西。同照片里一样的茫然的微笑依旧挂在他脸上。

我们不知道他在看什么或者他在哪儿。没有声音。

现在我们看到他在看什么了,但不太确定那是什么东西。还是没有声音。

拉回镜头

声音开始出现:街头噪音,无聊的对话,汽车喇叭,很吵,越来越吵。接着我们发现——

我们正盯着意大利香肠!一整个店面,香肠像哨兵一样排满了熟食店的橱窗,噪音抵达顶峰。

切入

第47号大街。

全世界没有第二个地方像这儿一样了!这是美国的钻石中心,第五大道和第六大道之间的第47号大街,这儿挤满了一个接一个的钻石店。街道上全是车,人行道上全是人,不同人种、体型和肤色的人。黑人沿街而行,许多西班牙人设法通过,但第47号大街的绝大部分地方还是挤满了犹太人。

年轻的、年老的、有胡子的、穿着光鲜的、戴着黑色帽子穿着长袍的。熟食店、钟表店,众声喧哗,人们成群结队地站在那儿争论着、兜售着、讲着故事。如果要用一个词来描述第47号大街,你最好相信那就是"生龙活虎"。分贝永远那么高,每当汽车被困就会有笛声齐鸣。这下可好,很自然地,人行道上的每个人都不得不提高音量才能把自己的观点表达清楚。就像现在这样,又吵、又热,就在这一切精彩的乱象之中……

克里斯汀·塞尔正沿着人行道游荡,看着、听着这一切。他拎着一个手提箱,分明是悠然自得的样子,一种很明显的愉悦表情。他路过名为"钻石交易""珠宝交易""珠宝商交易""钻石中心""钻石塔""钻石美术馆""钻石马掌"的店铺。他路过营业中的热狗摊,芥末和泡菜被拍打在小熏肠上,就像一个外科医生正娴熟地灼烧着一个伤口。塞尔对所有这些都摇着头,无数的人在推搡着、叫卖着、闲逛着、讨价还价着。他转了个弯。

切入

一家看起来很高端的店铺。

光线柔和,如果想用个更好的词儿,那就是有品。塞尔穿过人行道,推了推门。门锁着。门铃上方有个"按"的标识。塞尔按下门铃,传来一阵应答的铃声,门开了。

切入

店铺内部,一个活泼的小售货员绕过柜台走向塞尔,一直面带笑容。

塞尔_ 我想看个三克拉的钻石。

活泼的售货员(还没等塞尔说完)_ 为什么?

塞尔(很吃惊)_ 因——为——

他停了下来——这比我们习惯了的他的发音更带有德国味儿。

活泼的售货员_ 假如您只是想看看三克拉的货,请到橱窗去看。但假如您是那种真心想买东西的人,假如您想要最好的,精华中的精华,精挑细选的货品,我们之间才有生意可做。

塞尔_ 我有兴趣……

售货员又没等塞尔说完打断了他——这让塞尔很震惊。他不习惯被打断。

活泼的售货员_ 先别说别的,先得有信任。所以我要做的就是取出一颗三克拉的钻石,我要将它呈献给这位我所认识的独立鉴赏家(指指上面)——在二楼——如果他没有咒骂的话我几乎就是要将这枚钻石赠送出去了,好了(耸耸肩)——我得找个新姐夫了,说完了。(他笑了。)

塞尔(没有笑)　你能不能告诉我这值多少钱?

活泼的售货员　等——等——等一下——起初您逛到这儿说是要看看,现在您只对价格感兴趣。

(**激昂地**)我可不是生活拮据的艺术家,我卖的是奢侈品。

塞尔(转身,往外走)　你老是答非所问啊。

他打开门。

切入

塞尔又回到第47号大街,他愤然离店,甩上身后的店门,回到热浪和人群之中。

切入

塞尔放慢脚步,稳住情绪。这需要意志力和专注力。他把怒气赶走了,恢复了温文尔雅的特质。他继续走着……

切入

我们见过的最上档次的商店。

里面有两个售货员,一个正在打电话。塞尔走过去,按了一下标识"按"旁边的门铃，等候着应答的铃声，走进商店。这家店真的非常可爱。其中一个人，一个穿着短袖的胖子正忙着打电话。另一个穿着入时、留着铅笔髭的人冲着塞尔微笑。

铅笔髭＿ 先生。

塞尔（换成英式发音）＿ 我对……嗯……三克拉钻石的价格颇有兴趣。

铅笔髭＿ 这取决于钻石的品质，先生。

塞尔＿ 我只要珍品，最最好的——你瞧，我夫人和我，我们的35周年纪念就要到了，可是钻石婚要等到60周年，我有点儿怀疑我们是否能挨过那么长时间了。

（他抬起一只手）可能就和我小拇指甲一般大小。

铅笔髭（笑着）＿ 您说的至少有六克拉，先生。

塞尔＿ 那会很贵吧，你觉得呢？

铅笔髭＿ 一万五。

塞尔点点头——他希望是那价格的两倍来着。

塞尔＿ 十五（千）。

铅笔髭＿ 每克拉，很自然地。

塞尔（无法掩饰自己眼神里的激动）＿ 很自然地。

男人的声音（画外音） _ 我认识您。

切入

穿短袖衬衫的胖售货员这时挂上了电话，盯着塞尔。他用手摩挲着嘴唇，我们可以看到他胳膊上的集中营烙印。

切入

塞尔的眼神中再也没有激动了。这是他一直以来最害怕的事情，它正发生着。胖售货员走近了，堵住了塞尔退往店门的路。塞尔忽然大笑起来。

塞尔（这时是非常英式的发音） _ 哦，我真希望如此，我特别喜欢惊喜。

胖售货员（对他的同事说） _ 我记得在哪儿见过这个人。

塞尔（和那个胖售货员握着手） _ 克里斯多佛·海塞，你好。

（**对铅笔髭说**）克里斯多佛·海塞，你好。也许你去过我们在伦敦的古董店，我太太和我的。

胖售货员 _ 不是在伦敦。

塞尔 _ 我们从二十世纪三十年代开始就住在那儿了，你瞧，希特勒。你瞧，我们是犹太人，我们算是幸运的了，我们逃出来了。现在我们的店小有名气,但这都来之不易。

铅笔髭_ 我一直想去伦敦玩玩。

塞尔_ 哦,来吧。到我们那儿去。伊斯林顿的海塞。一言为定。

铅笔髭点点头。

塞尔(对胖子说)_ 你也来啊。

胖售货员(猜疑不见了)_ 一定,一定。

塞尔(走向店门)_ 我很感谢你们能腾出时间来。恐怕九万对于我来说有点太贵了——我们的店没有那么有名气。回头见。

他挥挥手,笑了笑,走了。

那两个售货员也笑着回应,挥挥手。

切入

塞尔再次走上人行道,离开他们的视线。真费劲儿,他轻轻倚在一幢建筑的墙壁上,拭去脸上的汗水,深深吸了口气,又开始向第六大道走去,比之前还快。交通愈加拥堵,一阵儿能走一阵儿又不行了。汽车喇叭直叫,人行道上似乎也更挤了,好多人在说话,好多商人和热狗小贩叫卖着。还有西班牙人、黑人,其中好多人拎着手提式收音机轰然而过。塞尔继续向第六大道走去,这时燥热压得人喘不上气。他弹掉头顶上的汗水,继续前进,将人群和播着那些"爱"和"天使"歌曲的收音机统统抛到脑后。拎着手提式收音机的人一直走着,恋曲消散了,可是"天使"那个词还在……

切入

塞尔的汗出得更厉害了,因为他听到的不是"天使",而是"鹰"①,而且不只是那个词,而是一遍一遍重复着"der Engel, der Engel",逐渐增强变成尖叫。塞尔努力目不斜视,但那声音更响亮了,而且变成了"der weisse Engel"(白鹰),声音越来越大。"der weisse Engel!"塞尔转过身……

镜头推近

一个鸡皮鹤发的老太婆,弓着腰颤抖着穿过街道。她伸出一只发抖的手死死地指着塞尔,站在那里用尽余力呐喊着——

老太婆_ Der weisse Engel—Szell—Szell—!!!

---

① 英文中"天使"一词"angel"的发音与鹰的发音相近。

切入

塞尔——他正拼命使自己不要疯狂而惊恐地奔跑。但他做不到。他转过脸不再去看尖叫的老太婆,继续加快步伐,像之前一样朝第六大道逃去。湿热的空气中继续传来愤怒的吼叫。

切入

一群年轻的犹太人行走着,对这一切不理不顾。

切入

一个西班牙裔年轻人拎着手提式收音机,某一段西班牙腔调嘶吼着,他一点儿也不在乎。

切入

两个看上去很成功的黑人,三十多岁,穿着保守。他们朝尖叫传来的方向瞟了瞟,又彼此瞧了瞧,耸耸肩。到底怎么了,纽约到处都是疯子。

切入

塞尔浑身已被汗水浸透,但仍能自我控制。他没有跑起来,稳步走着。

切入

一个留胡子的老人犹豫了一下,听着,四处张望。

留胡子的老人_ 塞尔?塞尔在这儿?

他盯着塞尔看时——

切入

另一个老人也转了过来。

老人(更大声)_ 塞尔在哪儿?

他环顾时——

切入

一个声音深沉的大块头女人。

女巨人_ 他死了——塞尔死了——

(停顿)所有人都死了——

切入

老太婆仍尖叫着,仍用手指指着,她发抖的、粗糙的手紧跟着塞尔移动。

老太婆（声音更大了） Nein—nein—

（大声地）Der weisse Engel ist hier！！！

切入

塞尔穿越人群不断前进，盯着前方。这时在他身后，第47号大街炸开了锅。

切入

一串二层楼的窗户。人们探出脑袋，向下张望，试图定位整个事件的焦点。

切入

店门打开了，店主们跑出来，四处查看。

切入

交通一如既往地时好时坏，可是现在，忽然间，鸣笛声减弱了，司机们大喊着问路人怎么回事儿。

切入

人行道上人群的流向也不一样了。人群不再以和之前一致的方式旋转,他们知道发生了某件奇怪的事,只是不知道具体发生了什么。

切入

塞尔,走着,走着。他穿过第47号大街的燥热,依旧目不斜视地盯着前方。

切入

老太婆穿过街道,沿着路的一侧追踪塞尔的去向,死死地指着他,呐喊着。

老太婆_ 他跑啦!看到没?看到没?
(*打着手势*)谁来阻止der weisse Engel!

切入

塞尔这时终于可以看到车流快速驶向第六大道,他允许自己加快了一点点速度。

切入

塞尔路过时,一个皮包骨女人正站在她家门口。

皮包骨女人_ 这骚乱怎么回事?

塞尔（犹太人式的耸肩）_ 一群疯子。

皮包骨女人笑了笑。

切入

老太婆都歇斯底里了，无助地看着塞尔走掉。没有任何预兆，她蹒跚着来到街道和车流之中。

老太婆_ 我要阻止他……

切入

当老太婆示意车辆停下来，挤出一条老人通道时，塞尔才鼓起勇气朝对面的她瞥了一眼。

切入

老太婆缓慢而坚定地挪动着。这时她来到车流的中心。

切入

塞尔不再看她，再次加快步伐。

切入

当老太婆努力闪躲车流时，几乎要跑起来了。她闪躲的功力还不错，直到传来一阵尖利的刹车声。一辆车不顾一切地试图停下来，它停下来了，却不够及时。车子撞上了老太婆，不是很严重，并非致命一击，但足以使她无助地倒在马路中央，没有大碍却没能追上塞尔。

切入

汽车司机冲下来，跑到老太婆身边，设法扶她站起来。

切入

老太婆愁眉苦脸，欲哭无泪。

老太婆　傻瓜——傻瓜——谁来阻止他啊？

切入

第六大道交通畅达，有许多空着的出租车。

切入

塞尔接近拐角了。他路过一个地铁入口。那边有一排一样高的巨大圆形水泥建筑物，上面种着可怜的小树。其中一个上面就有一棵这样的可怜小树,大概有六英尺高,树干两英寸宽,非常瘦削,和第二个商店的胖售货员恰恰相反。他忽然出现,把塞尔撞了个头晕目眩。

胖售货员_ 我就知道你不是英国人,你这个杀人的畜生——

切入

当胖男人快速转身时,塞尔的胳膊已经出击,厚厚的小刀已然握在手中。两个人打了个照面,塞尔的刀子切开胖子的喉咙,就像一道火焰划开了香肠,胖子无力地捂着自己的颈静脉。

切入

胖子突然向前倾倒时,塞尔开始大喊救命。他将胖子的脸放在水泥树基上时,嘴里仍继续喊着。

塞尔_ 这儿有个人不行了——这儿有人需要帮助——这儿有人需要医生,快叫医生——

切入

垂死的胖子的血渗进泥土之中。

切入

人群快速集结,走过来,看看胖子,又看看对方,不知道该往哪儿走,或者该做什么。

切入

一辆出租车。塞尔从人群中挣脱出来,拦了一辆出租车。

切入

塞尔上车,关门。

切入

围着死人的人群。如果刚才的街道是沸腾的,那么现在这里真的就要发疯啦,满是尖叫、哀鸣、泪水,噪音越来越大。一瞬间,就在群氓之中,那个老太婆又出现了,指着出租车,但随后她就消失了。人潮汹涌,大家都束手无策。

切入

塞尔舒服地坐在出租车后座上。他揪出手巾,打开空手提箱,盖子挡住了司机观察他行动的视线。他正擦拭着刀刃上的血迹,接着将它安全地绑在右前臂上。他一丝不苟地进行着他的勾当,将第47号大街的噪音和鲜血远远地抛在身后。

切入

安静的银行地下保险库。

我们见过的引领塞尔父亲的那名警卫将一把钥匙插进一个保险箱。塞尔站在一旁,递给他另一把钥匙。警卫继续操作着。

切入

警卫把保险箱提进一个小小的私人房间。塞尔跟着。警卫放下保险箱,走了。塞尔等了一会儿,确认外面没人来回走动了,才坐在保险箱边。他的双手又不自主地颤抖着。他做了一个决定性的动作,把保险箱敞开。

切入

保险箱。里面有许多拉绳布袋,就像小朋友用来装弹珠的那种。

切入

塞尔抓起最上面的袋子,设法拉开绳子,把里面的东西倒出来。

切入

一堆钻石落在金属箱子上嘎嘎作响,那声音比想象的还要大。

切入

塞尔捂着钻石,心跳不止,盯着房门。没事发生,也没人进来。他把手撤走,我们看到一堆和小拇指甲一般大的钻石,大概有五十到七十五个,可能不止,很难说出确切数字。塞尔抓起下一个袋子。

切入

另一堆钻石涌入眼帘,有些也和小拇指甲一般大,有些还要大一些。

切入

另一堆钻石，现在有拇指大小的了，大概有上百个。

切入

又是满满一袋子钻石倾泻在箱子底部，这会儿有好几大把了，照耀着箱子的黑暗角落。塞尔突然不能自已，喜极而叫。

切入

塞尔大为吃惊，他手里捧着硕大的钻石，不可思议的家伙，有一个有婴儿的拳头那么大。

警卫的声音（画外音） 您叫我了吗？一切可好？
塞尔（口干舌燥） ……都好……（他拿指尖摩挲着钻石。）……wunderbar……
这时，他开始把钻石倒到手提箱里。

切入

塞尔离开保险库区域，勉强维持自己的尊严。

切入

塞尔踏上通往银行主楼层的台阶，他的神情近乎心满意足。他走到主厅，开心地穿过。但他可能是我们看到的唯一一个开心的人，他身边充斥着恐慌的气氛。一个老女人，围着一条黑色披肩，站在那儿舔着自己的拇指，大声数着从出纳员那里取来的一点点钞票。她是那么老、那么穷。在她的另一边是一对年轻夫妇，他们在斗嘴，原因是他们没钱了。他嫌她总买衣服，她怪他总是喝酒。塞尔继续走着，路过一个坐在桌旁的银行职员，他正向一个坐在椅子上的小个子男人摇着头，后者也许在争取贷款或贷款延期。但无论如何，答案只能是"不"，另一个职员摊开手，手掌朝下，对另一个顾客说着另一个"不"。因为没钱了，只是没钱了，时世艰难。塞尔穿过这一切走自己的路，礼貌，保持微笑，最后他穿过大厅。

切入

沐浴在阳光下的人行道。塞尔离开银行，走到路边，想要拦下一辆出租车，贝比在他身后出现了。

贝比_ 它不安全。

切入

塞尔转过身,在那一刻他差点拔腿就跑。但是站在他面前的这个人右手插在雨衣口袋里,不是想跑就能跑。

这正是不久前被塞尔绑在椅子上的那个人。然而不同的是,那个人你可以任意摆布,但这会儿他可是个真正的对手。

塞尔_ 怎么了?

(声音更轻了)这会儿是怎么了?

贝比动了动伸进雨衣的右臂,这下我们看见了枪。

塞尔_ 求你了……有些事儿你不知道,我这有点儿东西你可得看看,条件好商量……

贝比(藏起枪,声调平板地)_ 你想在哪儿死?

塞尔(疯狂地四处张望,看见公园,指了指)_ 公园……我们可以在那儿谈……那儿很清静……求你了……

贝比点点头,塞尔转过身。

切入

贝比和塞尔沿着第91号大街前进,塞尔带路。

贝比_ 快点儿。

塞尔_ 你得听我说,你还年轻,你非常聪明,可还不够明智……

贝比_ 你杀了我哥。

塞尔_ 那是个谎言,我甚至都不在场。

贝比_ 詹韦告诉我的。

塞尔_ 迫不得已啊,我必须那么做,别无选择啦。

贝比_ 詹韦什么也没跟我说。所以别担心我了,好吗?我真他妈聪明。

切入

贝比和塞尔在公园里快速前进。他们正在穿越一个靠近第五大道的儿童游乐场,那地方挤满了小朋友,都很有钱。你得知的原因是那里到处都是穿制服的保姆,童车都又大又贵,充满了高音尖叫。有些孩子在荡秋千,有些在爬高,有些在做游戏,角色扮演——扮牛仔,扮印第安……贝比和塞尔路过时,一些孩子朝他们射击,还有几个假装拉弓射箭。保姆们不太喜欢外人擅闯自己的王国,她们闷闷不乐地看着贝比和塞尔走过。

切入

贝比和塞尔朝公园更深处走去,游乐场在他们身后。塞尔要发疯了。

塞尔_ 杀了我无济于事啊。

贝比_ 你不用操心。

塞尔_ 无济于事!

贝比_ 快走!!

塞尔把手提箱换到左手。他摸摸右臂。他已备好夺命之刃。

切入

水库。

有人在跑步。现在的水库比上次我们看见这地方的时候人多。正前方是一座看上去不可思议的建筑,古老且以黑石建造,就像来自另一个世界的造物。

贝比_ 就在这儿吧。给我看看。

塞尔_ 不。不。这儿人太多。

(**烦躁地,更大声地**)你要看到的东西将改变你的命运,但是很私密。必须很私密。

贝比指指那栋建筑。

切入

古老的黑石大厦。

门开了,他们走进来。天呐,这建筑真是来自另一个世界的。水面上铺着格状地板,一座不可思议的盘梯不断下沉,看起来一定有百年历史了。这是控制水库流量的地方,但这儿有些莫名其妙的恐怖。

维修人员(突然冒出来)＿ 对不起,但是你们不能——

他停下来一动不动。贝比掏出了枪。

贝比(轻声地)＿ 我们不会太久的。

那人走掉了。

切入

塞尔在盘梯旁跪下来,双手颤抖着放下手提箱。他身后是怪异的昏暗光线、滴落的水珠、一英尺厚的百年砖石。谁知道集中营里长什么样呢,但这地方可能曾经就是。

切入

贝比用枪指着塞尔的脑袋。

塞尔（**大喊着**）_ 上帝啊——我有个请求——请您来到我身边。听我说——最后一个愿望——您可得答应我呀——

切入

贝比举起手枪时塞尔陷入一阵狂乱。他把手伸向手提箱,打开它,箱子和贝比隔着一段距离。

塞尔_ 看——看这儿——你可得看看——我求你啦——

贝比_ 我不需要你求,我也不想要你的钻石,我就想让你死——

（**接着**）天呐——

切入

塞尔把手提箱转了过来。这是我们第一次看见全部钻石——刚才在银行只是一部分。好极了,箱子里的钻石都要溢出来了。贝比被财宝深深地吸引,他情不自禁,挪得越来越近。

切入

塞尔跪着,边说着边微微抬起右臂。

塞尔_ 看到没?咱俩有好几百万资产,你可不能错过这个机会呀!我说什么来着,懂了没?

切入

财宝,甚至在断电的情况下都会发光。天呐,手提箱里得有几百万美金啊,一百万,两百万,更多?

切入

贝比真的从没见过那样的景象,他呆住了,挨着塞尔在珠宝前跪了下来。

切入

塞尔的右手开动了,刀子已然滑向致命部位。正当他用小刀出击时,突然迸发一声枪响。塞尔向后摇晃了片刻,半天不敢相信发生了什么。

切入

贝比非常镇静地握着抢,准备再补一枪。现在他已经完全不是我们早些时候见过的那个心神错乱的男孩了。

塞尔的疑惑让位给了另一件事：他不知道自己怎么了，但却被吓坏了，他的胸口开始严重出血。他又挥舞了一下他的小刀，但是太慢了，太迟了。贝比又开了一枪，再一枪，枪声回荡在古老的墙壁之间。

塞尔开始在长长的盘梯上向后翻倒。他翻滚着、翻滚着，猛然摔在扶栏的中间。

贝比从上面默默地看着。

塞尔抓住扶栏，硬撑着想站起来。慢慢地，他做到了。他朝着贝比的方向往上迈了一步，第二步，你就是觉得这人一定能以某种方式一路爬回顶端。正当你如此肯定时，塞尔做了件完全出乎意料的事——他死了。就这样。他的身体下垂着，目光变得呆滞，黯淡下来。他又摔下去了，这一次从头跌到尾。他翻过扶栏，从空隙跌落，我们远远地听到他撞击底下潮湿的水泥地板的声音。我们听到他而不是看到他——从贝比的位置看不到塞尔。

贝比一动不动地站着，往下看。他往下看着，下面很远的地方，开始出现一摊鲜血，在他凝视的时候蔓延着，就像他发现父亲时看到的积血。血越积越多，最后贝比往下走了一圈，才看见尸体。

塞尔躺在血泊里，死了。

贝比又看了一会儿。然后他举起父亲的枪，看了好一阵子。最后他张开手掌，枪开始朝着塞尔的死尸飞落，枪在半空时——

切入

半空中还有其他东西。有好一会儿我们都不确定那是什么，但它们撞击着、跳跃着，我们意识到那是抛向水面的石头。

镜头拉远，露出

贝比站在古老建筑背后一个小码头上，他抛向水库的不是石头，而是塞尔的钻石。手提箱就在贝比脚边，他俯身又抓起一把……

切入

手提箱这会儿几乎空了。贝比又开始投掷。我们有一会儿以为是阳光太强烈让他眨眼，但紧接着我们知道那不是阳光——而是那孩子终于哭了。结束了，一切都结束了，他是今天的最后一道风景，伴着掠过水面的钻石。

在他身后，我们看到维修员和一个年轻的警察奔向建筑。他们跑来时,路过一群聚集成排的慢跑者。

他们隔着栅栏,望着贝比。栅栏厚重,布满铁锈——可能是在监狱用过的吧。所有慢跑者紧握栅栏,他们的手指穿过缝隙卷曲着,好似囚徒。

这会儿贝比哭得更厉害了,脸上满是泪水。钻石几乎不见了。

慢跑者仍在凝视,汇聚,透过厚厚的栅栏望着他。全世界的人都曾像这样抓着栅栏,在监狱、在集中营、在隔离区。

持稳镜头,凝视,凝视——

贝比站在阳光中抽泣。

鸟儿掠过水面。阳光炫目。钻石掠过水面时反射着阳光。它们相互推搡着变成涟漪。

涟漪扩散着。泪水、钻石、闪烁的阳光、注视的眼睛、扣着栅栏的手指。涟漪继续扩散,触到我们所有人。

终场淡出

剧终